超・殺人事件

角川文庫
21996

目次

超税金対策殺人事件

『氷の街の殺人　第十回』

1

ついにここまで来たかと、芳賀は旭川の駅前に立って、思った。逸見康正は、この街のどこかにいるに違いない。

雪に覆われた路面には、無数の足跡がついていた。その中に逸見のものもあるのではないかと、ふと彼は思った。彼は一歩足を踏み出した。雪を踏む感触と共に、サクッと乾いた音がした。

後ろから小さな悲鳴が聞こえた。振り返ると、静香が頼りない足取りで歩きだしたところだった。彼女は芳賀を見て、はにかんだ顔をした。

「靴の底が滑っちゃって」

「気をつけて。宿に着いたら、まず靴を買いにいきましょう」そういってから芳賀は彼女の足元を指差した。彼女は黒のハイヒールを履いていた。「その靴じゃあ、ここで歩くのは無理ですよ」

「ええ、そうですね」

答えた直後、またしても静香の足が滑った。きゃっといって彼女は身体のバランスを大きく崩した。芳賀はあわてて手を伸ばし、彼女の右手を摑んだ。そしてそのまま彼女の身体を抱きかかえた。

「大丈夫ですか」

「はい……すみません」

見上げた静香の睫に、細かい雪の結晶が付いていた。そして彼女の瞳は、その結晶が溶けたせいでもあるように、潤んでいた。その目を見つめるうちに芳賀は、自分の胸の奥にただならぬ脈動を感じていた。その気配を断ち切るように、彼は彼女から身体を離した。

「気をつけてください」彼はいった。「あなたは今、ふつうの身体じゃないんですから」

「ええ、わかっています」静香がうつむいて答えた。それから、再び彼を見上げた。

「でも、本当にあの人はここにいるんでしょうか」

「いるはずです。このメッセージによればね」芳賀は革コートのポケットから一枚の紙切れを取り出した。

そこには不可解な数字とアルファベットが並んでいる。逸見康正が残した唯一の手がかりだ。そのいくつかの文字を整理すると、『ASAHIKAWA』になると気づいたのは、昨夜のことだった。

「とにかく行きましょう。こんなところに立っているだけでも、身体によくない」そういうと芳賀は二人分の荷物を持ったまま、タクシー乗り場に向かって、ゆっくりと歩きだした。歩きながら、自分自身を戒めていた。この女性は逸見の大切な人だぞ、おまえの親友の婚約者だぞ、おまえは一体何を期待しているのだ。彼女の胎内には、彼女と逸見との愛の結晶が宿っているのだぞ――。

タクシーに乗ると

がらがらがちゃん。

階下で激しい音がした。『タクシーに乗ると』までパソコンの画面に打ち出していた俺は、キーボードの上の指を止め、部屋を出た。階段の上から下に向かって呼びかける。

「おーい、どうした」

返事がないので、俺は階段を下りていった。

台所の流し台の前で、妻が大の字になって伸びていた。スカートがまくれあがって、パンティが丸見えだ。

「わっ、どうした、しっかりしろ」

俺は妻の身体を揺すり、ほっぺたをぴしゃぴしゃ叩いた。するとようやく彼女は薄目を開けた。

「あっ、あなた……」

「どうしたんだ」

「こ、これ、これこれ」そういって彼女は右手に持っていた紙を俺に見せた。

それは浜崎会計事務所から来た書類だった。所長の浜崎五郎は、俺の高校時代からの友人だ。俺は小説家になって十年だが、今年はこれまでになく収入が多かったので、来春の確定申告に備えて、先日浜崎のところへ相談に行ったのだ。今までは、確定申告は自分で適当に済ませていた。済ませられるほど、収入が少なかったということだ。

書類には、来年の春に俺が支払わなければならない税金の額を、概算して記してあった。

その数字を、俺は最初ぼんやりと眺めた。それから次にじっくりと見つめ、最後には0の数を数えた。

「ははは」俺は笑いだした。「はははは、はははは。こんな馬鹿な。ははは、はは」

「あなた、しっかりして」今度は妻が俺の身体を揺すった。

「こんなこと、あるはずないだろう。こんな、無茶苦茶な、あほな、でたらめな、金を、なんで、ははは」

「現実なのよ。払わなきゃいけないのよ。これだけのお金を国に取られるの」

「冗談だよ。冗談に決まってる。そんな、汗水たらして稼いだ金を……そんな馬鹿なことがあってたまるか」涙が出てきた。俺は、おーいおーいと声をあげて泣きだした。

「ねえ、どうしよう。こんなお金、うちにはないわよ。どうしたらいいの」妻も泣いていた。涙と鼻水で、顔がぐしゃぐしゃになっている。

「浜崎を呼べ」俺は妻に命じた。

2

三時間後に浜崎五郎がやってきた。もう暮れだというのに、ワイシャツの袖をまくり上げ、首筋にはうっすらと汗が滲んでいる。太っちょで汗かきというのは、見ているほうまで暑苦しく感じるものだ。こいつが入ってくるだけで、室温が二、三度は高くなったような気がした。

「書類を見てくれたようだな」入ってくるなり、浜崎はいった。

「見た」と俺はいった。「腰を抜かした」

「だろうなあ。あ、どうも」妻が出したコーヒーを、浜崎はがぶりと飲んだ。

「それであの数字は、どうなんだ。冗談じゃないのか」

「冗談と思いたいだろうが、残念ながらそうじゃない。君の今年の収入と、君から預かった領収書などから試算した結果だ。申告時にはもう一度きちんと計算することになるが、まあ大きく変わることはないだろう」

「じゃあ、あれだけの大金を……」

「うん。気の毒だと思うが、払ってもらうしかない」

浜崎の台詞に、横で聞いていた妻が、またしてもしくしく泣きだした。

「君は下へ行ってろ」と俺は妻にいった。それで妻は目頭をエプロンで押さえながら階段を下りていった。頭に包帯を巻いているのは、先程倒れた時に、大きなコブを作ってしまったからだ。

「なあ、おい、何とかならないか」俺は浜崎にいった。情けない話だが、媚びるような口調になってしまう。

「もうちょっと早い時期に相談してくれれば、いろいろと手を打てたんだが、何しろ十二月だからなあ」浜崎は渋い顔でいった。「まあ、せいぜい領収書を集めてもらうことだな。それが一番手っ取り早い」

「領収書といってもなあ、この間おまえに預けたものぐらいしかないし……」俺はため息をついた。

「ああ、そのことだが、ちょっと問題がある」浜崎がいった。

「問題？」

「預かった領収書のことで、二、三、確認しておきたいことがあるんだよ」浜崎は黒い鞄から、ファイルを取り出してきた。

「何だい。どれもこれも、きちんとした領収書のはずだが」

「きちんとはしているんだが」浜崎はファイルを開いた。「まずこれだ。四月に旅行しているよな。ええと、行き先はハワイ」

「ああ。それがどうかしたか」

「これの名目を、どうしようかと思ってさ」

「なんでだよ。取材旅行ってことでいいじゃないか」

「そのつもりだったんだがね、君、今年書いた作品の中に、ハワイを全く出していないだろう？」

浜崎にいわれ、俺は今年の仕事を振り返った。短編小説が四本ほど、あとは連載ばかりだ。たしかにそれらの作品にハワイは出てこない。

「そういわれれば、そうかもしれない」と俺はいった。「それじゃよくないか」

「あまりよくない。というより、まずいな」浜崎は短い指でこめかみを掻いた。「最近じゃ税務署の中に、文筆家専門のチェックマンがいるって噂だ。そういう連中は、管轄の作家たちの作品には全部目を通していて、こういう細かいところもぬかりなく突いてくるという話なんだ」

「ふええ」再び泣きたくなってきた。「すると、ハワイの旅費を経費にできないっていうのか」

「そういうことになる」

「そんな馬鹿な。じゃあ、来年書く作品にハワイを使うつもりだといえばいいじゃないか。それなら文句はないはずだぜ」

「文句はないだろうが、そのかわり、経費に算入するのは来年度にしてくれといってくるだろうな」

「サディストめっ」俺は喚いた。「税務署員たちは、人を苛めることに歓びを見いだすタイプに違いない」

　もちろん冗談でいったのだが、浜崎は笑わなかった。それどころか、しれっとした顔で、「そうだよ」といった。「親しくしている税務署員から聞いたことがある。多少サドの気のある人間が、優先的に採用されているらしい」

　俺は頭を抱えた。「助けてくれ」

「何とか今年中に、ハワイを扱った小説を書けないか」と浜崎はいった。

「そんな余裕はないよ。今年はこれが最後の仕事だ」俺はパソコンを指した。画面は、妻が倒れた時のままだ。

浜崎は、ちらりとその画面を見た。

「それは、今書いている最中なのか?」

「ああ。来月号の雑誌に載る予定だ。連載の十回目だよ」そういって俺は冷めたコーヒーに手を伸ばした。

「そこにハワイを出せないか?」

浜崎の台詞に、俺は口に含んでいたコーヒーを吹き出しそうになった。

「無茶いうなよ。北海道が舞台だぜ。ハワイなんか、何の関係もない」

「そこを何とかするのが小説家だろう? それとも、この上まだ税金を払いたいのかい」

「それはいやだ」

「だったら、僕のいうとおりにすることだね。それに」と浜崎はファイルに目を戻して続けた。「ハワイでずいぶんと買い物をしてるよなあ。ゴルフだってしている。こういうのについても、できれば何か理屈をつけたいところなんだよな」

「理屈って?」

「だから正当な理由だよ。たとえば主人公がハワイで買い物やゴルフをするシーンなんかが小説中に出てくれば、そのための取材だったと主張できる」

「そういうシーンを書くつもりだったけれど、気が変わってストーリーを変更したといえばいいんじゃないか」

「それで納得してくれる相手ならいいけどな」浜崎は渋い顔をして、腕を組んだ。

「たぶん無理だと思うね」

「サドだからか」

「まあね」

「だけど、今さら旭川をハワイに変更するってのは無理だ。主人公が暗号を解いて、ようやく旭川という場所に行き着いたところなんだから。それに、旭川は旭川で取材旅行を実際にしたんだから、そっちも小説に出さないとまずいだろう」

「まあ、それについては後で考えよう。ほかにもいろいろとあるから」

「まだあるのか」

「これだ」浜崎はファイルのポケットから領収書の束を取り出した。

「それがどうかしたのか。何か問題があるのか」

「どれもこれも経費に算入させにくいものばかりなんだ。たとえばこの、婦人用コート十九万五千円というやつだ。これ、奥さんのために買ってやったものだろ？」

「今年の一月にバーゲンセールで買ってやったんだ。それがだめなのか」

「だめじゃないよ。奥さん孝行はいいことだ。だけど経費とはいいにくいよなあ」

「どうしてだよ。二十万円未満なら消耗品ってことで処理できるはずだろ。だから、がんばってぎりぎりの値段の品を探したんだぜ」

「でも婦人用コートだからなあ。仕事に必要なものかい？」

「ううむ」俺は腕組みをして唸った。

「それからこれ」といって浜崎は別の領収書を出した。「紳士用品だ。スーツとシャツとネクタイと靴で総額が三十三万八千七百円ってやつ」

「それは全部俺の服だ」と俺はいった。「それはかまわんだろう。仕事のために買ったんだ」

「仕事のためというと？」

「日本ミステリ作家協会のパーティに着ていった。それから、グラビア撮影でも着た」

「うーん」浜崎は頭を掻いた。「難しいな」

「なんだよ。どうして難しいんだよ」

「怒るなよ。とにかく洋服ってのは、扱いが厄介なんだ。たしかに君みたいな仕事だと、スーツとかネクタイを着用するのはオフィシャルな場にかぎられるだろう。でもさ、それじゃ納得しないのが税務署なんだ。プライベートで着る可能性もあるでしょうって、絶対にいってくる」

「着ないよ」と俺はいった。「プライベートな時間に、アルマーニのスーツを着たりするものか。ふだんはジーパンとTシャツで充分だ。おまえだって知っているだろう」

「僕はわかってるよ。だけど税務署は、そんなことおかまいなしさ」浜崎は眉を八の字にした。

ちっと、俺は舌打ちをした。

「じゃあどうすりゃ納得するんだ」

「消耗品として認められるのは、基本的には、仕事のために使ってしまったら、ほかにはもう使えないことが明らかなものにかぎられるんだ。たとえば筆記具とかさ」

「筆記具だって、仕事以外のことに使えるぜ」

「だからそれは比率の問題だよ。洋服の場合は仕事以外に着ることのほうが多いと、税務署は勝手に考えるわけだ」

「勝手に考えて、勝手に税金を取るわけか」

「それが税務署の方針だ。つまりは国の方針ということだ」

くそっ、とばかりに俺は机の脚を蹴った。だがスチール製だったので、指先の痛みに涙が出そうになった。

「それから」浜崎がいった。

「まだ何かあるのか」

「パソコンを買ってるよな。先月」

「ああ、これだ」机の上のパソコンを指した。

「旧式のワープロを捨てて、思い切って買ったんだ。これは経費になるだろう」

「経費にはなるが、消耗品にはならない」

「えっ、どういうことだ」

「領収書によると、購入価格は二十二万円となっている。二十万円以上のものは、原則として固定資産ということになる。だから減価償却費として経費に乗せるわけだ」

「何でもいいよ。とにかく二十二万円が経費になるんだろう」

「そうじゃなくて、耐用年数に応じて、その年のうちに減じた価値を金額にして経費とするんだ。わかりやすくいうと、今年は二十二万円のうち、いくら分使ったかということを計算するんだ」

「そんなこと、計算できるかよ」

「できるんだよ。全部マニュアルがある。今年は二ヵ月しか使用しないから、せいぜい数千円というところだ」

「えっ……」

「それからこれだ。カラオケの機械を買ったらしいな」

「夫婦共通の趣味なんだ」そういってから俺は、はっとしていった。「それは全部で数十万したはずだ。じゃあ、それも減価償却というやつか」

「いや、これは幸い細かく分けてあるから、それをする必要はない」

「助かった」

「ただし問題は」浜崎はいった。「カラオケが仕事に必要かどうか、ということだ」

「何だって」

「小説を書くのにカラオケが必要、なんて話は聞いたことがないからなあ。税務署はクレームをつけてくるぜ、きっと」

俺は頭を抱えた。

「じゃあどういうことなんだ。ハワイ旅行もコートもアルマーニもカラオケセットも経費にならず、パソコンも微々たる額が認められるだけってことか」

「そのほかにも、いろいろとあるんだよな。いいにくいことだけど」浜崎はファイルを見ながら、顔をしかめた。「じつをいうと、前回送った書類には、そういった問題には目をつぶって計算した額を書いたんだ。だから税務署にチェックされたら、さらに税額がアップすることになる」

「いくらぐらい？」

「聞かないほうがいいと思うが、そんなわけにもいかないな」そう前置きしてから、浜崎は、ある金額を口にした。

俺は、ふらっと眩暈（めまい）がした。椅子に座っているのさえやっとだった。

「そんな大金、どこにもないぞ」

「よくあるケースなんだよな。突然収入が増えたはいいが、税金のことを忘れて使っちゃうってやつさ」

「他人事（ひとごと）だと思って、呑気（のんき）な言い方をするなっ」

「そういうわけじゃない。僕だって何とかしてやりたいと思っているんだ。それに住民税のことだってあるしな」

「住民税？」俺は浜崎の顔を見返した。「今いっている税金というのは、住民税も含めたものじゃないのか」

「申し訳ないが、所得税だけだ」

「じゃあ、住民税というのは……」

「ざっと計算してみて」浜崎は電卓を取り出し、掌（てのひら）の上でぱっぱっぱっと計算した。そしてその金額を口に出した。

今度こそ俺は気が遠くなった。あっ気絶する、と自覚した。

　ところがその前に、どかんどかんどかんと、ものすごい音が外でした。それで俺は我に返り、部屋を飛び出した。

　階段の下で、上海雑技団の少女のように手足をもつれさせた格好で、妻が倒れていた。

　俺はあわてて駆け下り、彼女を抱き起こした。彼女は口から泡を吹きながら、「ぜいきん、ぜいきん、ぜいきん……助けて」と呟いていた。どうやら俺たちの話を立ち聞きしていたらしい。

「おーい、大丈夫か」上から浜崎が声をかけてきた。

　俺は妻の身体をそっと寝かせると、階段を駆け上がった。そして浜崎の襟首を摑んだ。

「わっ、何をするんだ」彼の顔に恐怖の色が浮かんだ。

「どうすればいいんだ」と俺は彼に訊いた。

「税金を減らすためなら何でもする。どんなことでもする。どんな小説でも書く。いってくれ」

　俺の気迫に圧されたように、浜崎は短い首を小刻みに縦に振った。

3

『氷の街の殺人　第十回』

ついにここまで来たかと、芳賀はホノルル空港の前に立って、思った。逸見康正は、この島のどこかにいるに違いない。

路面の照り返しが眩しくて、彼は思わず顔をしかめた。

後ろから小さな悲鳴が聞こえた。振り返ると、静香が転んでいた。

「ハイヒールの踵が折れちゃって」と彼女はいった。

「気をつけて。宿に着いたら、まずビーチサンダルを買いにいきましょう」そういってから芳賀は彼女のコートを見た。「それから夏用の洋服を」

「ええ、そうですね。本当に、暑いったらありゃしない。こんなもの、もういらないわ」

静香はコートを脱ぎ捨てると、びりびりと引き裂き、路面に叩きつけた。

「どうしてコートを引き裂かなきゃいけないんだ」と俺は横に立っている浜崎に訊い

た。こういうシーンを書けといったのは彼なのだ。

「このシーンを描写するために、実際に女物のコートを引き裂いたことにするんだ。それなら実験材料費ということで、コートを経費にできる。ただし税務調査が入ったりしたら、そのコートをどこかに隠さなきゃいけないがね」

浜崎の言葉に、なるほど、と俺は頷いた。

「じゃあ俺の服も、その手を使えば経費にできるな」

「うん。でも、また引き裂くというのは芸がないぜ」

「わかっている」俺はキーを叩き始めた。


彼女の行動を見ているうちに、芳賀も服を脱ぎたくなってきた。彼はアルマーニのスーツを脱ぎ、ネクタイを取り、シャツを脱いだ。さらにライターの火をつけると、それらの服を燃やし始めた。アルマーニの服は、じつによく燃えた。ついでに彼は靴を、炎の中にほうりこんだ。革の焼ける臭いがたちのぼった。

「これですっきりした」芳賀はトランクス一枚の姿になっていった。

「ええ、すっきりしましたわ」

見上げた静香の顔に、細かい砂の粒が付いていた。額に浮いた汗が、頬から首筋に流れている。その汗を見つめるうちに芳賀は、ここがハワイだという実感が迫ってくるのを感じた。同時に頭の中で、一つのメロディが流れ始めた。

♪ 晴ーれたそらー

そーよぐかぜー ♪

「古いなあ。もう少し新しい歌を知らないのか」浜崎が横からいった。

「ハワイの歌なんて、咄嗟に出てこないんだよ」

「まあいいよ。この調子で、時々歌を作品中に盛り込んでくれ。そうすれば、資料及び資料検索機材としてカラオケセットを経費にできる」

芳賀の歌に合わせて、静香は踊りだした。しかし足がもつれ、彼女はよろけた。それを芳賀が急いで支えた。

「気をつけてください」彼はいった。「あなたは今、ふつうの身体じゃないんですから」

「ええ、わかっています」静香がうつむいて答えた。それから、再び彼を見上げた。

「でも、本当にあの人はここにいるんでしょうか」

「いるはずです。このメッセージによればね」芳賀はトランクスの中から一枚の紙切れを取り出した。

そこには不可解な数字とアルファベットが並んでいる。逸見康正が残した唯一の手がかりだ。そのいくつかの文字を整理すると、『ASAHIKAWA』になると気づいたのは、三日前のことだった。

「さあ、ここからが問題だ」と俺はいった。

「前回の話で、暗号を解読するシーンが出てくるんだ。そこでは『ASAHIKAWA』という答えを一旦出している。それをどう扱うか」

「旭川にも行ったことにすればいい」浜崎が無責任にもそういった。「ところがそれは正解じゃなかったんだ。もう一つ別の暗号が見つかって、それによると目的地はハワイだったってことでどうだ。それなら旭川への取材旅行の分も経費として落とせる」

「ううむ、強引だな」といいながらも、俺は浜崎の意見に沿って話を進めることにした。

この暗号文に従って、二日前、芳賀と静香は旭川に行ったのだった。旭川の街は雪に包まれていた。二人は肩を寄せ合うようにして、白く凍った道を歩いた。

二人は旭川市内に、逸見康正の秘密の仕事場があることを突き止めた。ところがそこに逸見の姿はなかった。いや、それだけでなく、そこは完全な空き室になっていたのだ。

「どういうことだ。暗号文は、たしかにここを示していたはずなのに」芳賀は悔しさのあまり、壁を拳でどんどんと叩いた。

「待ってください。ここに、おかしなことが書いてあります」静香が、部屋の隅を指していった。

芳賀はそこを見た。すると壁の隅に、ナイフか何かで文字を刻んであった。

『カサガナイ　イツミヨリ』

そこには、こう書いてあった。

「傘がない、逸見より……か」芳賀は読み上げてから静香のほうを振り返った。「どういう意味だと思いますか」

「わかりません」静香は、かぶりを振った。

「雨が降ってきたけれど、傘がなくて困っている、という意味でしょうか」

「それだけのことを、わざわざ壁に刻み込むとは思えませんが」

「そうですよねえ」静香は眉を寄せて首を傾げた。

芳賀はもう一度、壁の文字を見つめた。暗号文は間違いなくここを示している。つまり逸見は、芳賀と静香が来ることを知っていたはずだ。だからこの謎めいた文章も、二人に対して書かれたものに違いない。

「カサガナイ……か」

カサガナイ、傘がない、ＫＡＳＡＧＡＮＡＩ——芳賀の頭の中に、様々な文字が浮かんで消えた。

やがて、一つの光が彼の前に見えた。

「わかった」芳賀は手を叩いた。「わかりましたよ、静香さん」

「えっ、どういうことですか」

芳賀は手帳を開くと、ボールペンでそこに、『ＡＳＡＨＩＫＡＷＡ』と書いた。

「ここから、カサをなくするんです」と彼はいった。

「えっ、傘？」

「カサ——Ｋ、Ａ、Ｓ、Ａです」

芳賀は『ＡＳＡＨＩＫＡＷＡ』から、Ｋ、Ａ、Ｓ、Ａの四文字を消した。残った文字は『ＨＩＡＷＡ』となった。

「これは、Ｈ、Ａ、Ｗ、Ａ、Ｉと並べかえることができます。つまりハワイです」

「ハワイ……」静香が目を見張った。

「そうです。逸見はハワイにいるんです」そういって芳賀は、窓越しに南の空を指差した。「行きましょう、静香さん。ハワイへ」

はい、と彼女は力強く答えた。

こうして二人はハワイへやってきたのだった。

「ようし、やったぞ」俺はパソコンの画面を見て頷いた。「何とか二人をハワイに連れてくることに成功した」

「やればできるじゃないか。さすがはプロの作家だ」浜崎も感心したようにいう。

「後は舞台を旭川からハワイに置き換えて、ストーリーに沿って書いていけばいいな」

「何をいってるんだ。名目に困る領収書は、まだまだあるんだ」浜崎はファイルの中から取り出した紙を、俺の顔の前でひらひらさせた。「まずはハワイでの買い物とゴルフだ。そのシーンを作品中に入れてくれれば、何とか言い逃れができる」

「わかった」俺はパソコンに向き直った。

ホテルのチェックインを済ませた芳賀と静香は、とりあえずアラモアナ・ショッピングセンターに出かけた。それは、二人が単なる旅行者ではないということを、影の組織に気づかれぬためだった。連中は、どこで目を光らせているかわからないのだ。

静香はバッグと服五着と靴三足を買い、芳賀はチノパンツとシャツとフェラガモの靴を買った。さらに続いて静香は香水と化粧品少々を買った。

「これで何とか、ふつうの旅行者らしく見えるでしょう」紙袋を両手に持って、芳賀はいった。

「そうですね。ハワイに来て買い物を全然しないのでは、周りから怪しまれますものね」

「そうです。僕たちは、逸見を無事に見つけだすまでは、絶対に目立ってはいけないのです」

「康正さん、みつかるでしょうか」静香が不安そうにいった。

「大丈夫、必ず見つけてみせます」芳賀は胸を叩いた。

「でも手がかりが何もありません」

「いや、手がかりはあります。逸見はゴルフが三度の飯よりも好きでした。ハワイに来て、ゴルフをしないはずがありません。ハワイ中のゴルフ場を回れば、必ず何か摑めるはずです」

「回るといっても、従業員に訊いた程度のことでは、何もわからないかもしれませんわ」

「もちろんそうです。ですから、ちょっとハードではありますが、我々も実際にそれぞれのゴルフ場をラウンドするしかないでしょうね」

「そうですわね。大変ですけど」

二人は近くのゴルフショップに入り、ゴルフセット、キャディバッグ、シューズ、そしてお揃いのゴルフウェアを買った。

4

浜崎が電卓のキーをぽんぽんと叩いた。液晶画面を見て、うーんと一唸りしてから、電卓をこちらに向けた。

うーん、と今度は俺が唸る番だった。

「まだまだだな」と浜崎はいった。「もっとほかに領収書はないのかい。一万二万といった少額じゃなく、数十万クラスの領収書」

「ねえなあ」俺はため息をついた。「銀座遊びはしないし、仕事場を借りているわけでもないし」

「小説の枚数のほうはどうだい。まだ余裕はあるのか」浜崎が訊いてきた。

「いや、もうそろそろ今回の分は終わりだ」

「じゃあ、その残り少ない枚数を有効に使わなきゃなあ」

連載小説『氷の街の殺人』は、すでにストーリーがぐしゃぐしゃになっていた。主人公たちはいくつかのゴルフ場をラウンドし、クルージングをし、買い物をした後、結局何の収穫もないまま日本に帰ることになってしまった。そして成田に着くなり、今度は草津温泉に行くのである。これはいうまでもなく、俺たちが今年の秋に行った温泉旅行の費用を経費にするためだ。

階段を上がる足音が聞こえた。妻らしい。

「あなた」ドアを開けながら彼女はいった。

「こういうのはどうかしら」手に持っていた封筒を、こちらに差し出した。

「なんだいそれは」

「領収書よ。実家に行って、もらってきたの」

「おっ、それはありがたい」俺は封筒を受け取り、中身を引っ張り出した。

「良妻賢母だね」と浜崎がおだてた。

妻の実家は、我が家から歩いて十五分程のところにあるのだ。

「でも、それ、使えるかしら」妻が心配顔でいった。

「ええと」俺は領収書を調べた。すぐに自分の顔が曇るのを自覚した。

「どうだい？」と浜崎が訊いた。

「だめだ。とても使えそうにない」そういいながら俺は領収書の束を浜崎に渡した。

「どれどれ」といって彼は、それらに目を通した。間もなく彼も難しい顔になった。

「やっぱり、だめだよなあ」と俺はいった。

「風呂場改築五十六万円、自動車修理十九万円……」浜崎は頭を掻いた。「自分の家の風呂や自動車なら、まだ説明できないこともないが、奥さんの実家の持ち物じゃなあ」

「取材ってことならどうだ」と俺は訊いた。「作品中に、風呂場改築や自動車修理の場面を出すんだ」

「いや、それはだめだろう。改築した風呂や、修理した自動車を、奥さんの実家のほうで使うわけだから、贈与税に関わってくる」

「そうなのか」

「しかし」と浜崎は顎に手を当てた。「風呂や自動車を、仕事のためにわざと壊したという話にすれば、何とかなるかもしれない」

「えっ、どういうことだ」

「小説を書く上でどうしても必要だったから、奥さんの実家の風呂と自動車を意図的に壊したってことにするんだよ。だけどそのままにはしておけないから、修理費用は君がもったことにするんだ」

「なるほど」といってから、俺は浜崎に訊いた。「だけど、風呂と自動車を意図的に壊さなきゃ書けない小説って、どんなのだ?」

「それを考えるのは君の役割だろ。ええと、次に高額の領収書となると……」浜崎は妻がもってきた領収書の束をめくった。「掛け軸二十万円、壺三十三万円……何ですか、これは」

「父が骨董好きなんです」と妻はいった。

「それで月に何度かは骨董品屋さんに出かけて、がらくたとしか思えないようなものを買ってくるんですけど……」

「うん、これは使える」浜崎は膝を叩いて、俺のほうを見た。「君、これからは小説の中に、骨董品に関する蘊蓄を書き並べてくれ」

「えっ、でも俺は骨董品のことなんか、何も知らないぞ」

「いいんだよ。適当に、もっともらしく書けばいい。そうすれば、小説に使う骨董品の勉強をするため、いくつか教材を購入したという話にできる。骨董品には、資料的な価値のあるものも少なくないからな」

「もっともらしくといわれてもなあ……」俺は、ぽりぽりと頭を搔いた。

「その手を使えば、これも利用できるぞ」浜崎は一枚の領収書を、俺に見せた。

それはエステティックサロンの領収書だった。妻の母親が通いだしたという話を、俺は思い出した。

「あなた、それからこれは使えないかしら」妻が一枚の紙を差し出した。受け取ってみると、それはスーパーのレシートだった。

牛肉、葱、豆腐、しらたき、卵――今夜のすきやきの材料が、そこには並んでいた。

5

『氷の街の殺人　第十回』（続き）

草津の温泉街から車で二十分ほど走ったところで、芳賀はブレーキを踏んだ。舗装されていない道に面して、白い建物が一軒建っていた。背後には林が迫っており、見回したところ、ほかには民家はなかった。

「推理によれば、逸見はここにいるはずです」車から降り、屋敷を見上げて芳賀はいった。

「どこから入ればいいのかしら」静香がきょろきょろと見回した。

「そりゃあ、やっぱり玄関からでしょう」そういって芳賀は歩きだしたが、すぐに足を止めた。そして改めて建物を見た。「おかしいな。どこに玄関があるんだろう」

「それであたしもおかしいと思ったんです」と静香はいった。

それはよく見ると奇妙な建物だった。全体が白い壁土で覆われている。出入口はなく、窓も小さなものが一つあるだけだった。

芳賀は車を唯一の窓の下に止め、車のボンネットに乗って、小さな窓から中を覗いた。中は真っ暗だった。しかしよく目をこらすと、闇の中で誰かが倒れているのが見えた。

「おーい」と彼は呼びかけた。ところが反応は全くなかった。

芳賀は何とか窓から中に入れないものかと考えた。だが窓の大きさは三十センチ程度で、とても通れそうになかった。

「誰か中にいます。助け出しましょう」芳賀は静香にいった。

「どうやって助けるんですか」

「僕に任せてください」

芳賀は車に乗り込むと、まず思いきりバックさせた。それから車体の向きを建物に合わせると、今度は力いっぱいアクセルを踏み込んだ。

ものすごい音と共に、衝撃が芳賀の身体を襲った。車は前部がぺしゃんこになった。建物のほうも、壁がほぼ崩れていた。

芳賀はもう一度車をバックさせ、さっきと同じように建物に体当たりした。今度は完全に壁が崩れた。するとそこはどうやら風呂場のようだった。（このシーンを書くため風呂場と車の破壊実験要。それぞれの修理費を経費とする）

「あっ、康正さん」静香が叫んだ。

風呂場に倒れていたのは逸見康正だった。すでに顔は土色になっていた。芳賀は一応脈をとってみたが、彼が目を開ける見込みはなさそうだった。

「死んでいる」と芳賀は呟いた。

静香が声を上げて泣き始めた。

芳賀は逸見の身体を調べた。後頭部に血がこびりついていた。何かで殴られたらしい。

芳賀は周囲を見回した。白地に鮮やかな模様の描かれた古伊万里の壺が目に入った。

「これが凶器のようです」と芳賀はいった。(古伊万里のことを書くため、骨董品について取材。購入した資料数点を経費にする)

「何てひどいことを」静香は泣きはらした目で、壺を睨んだ。アイシャドーが落ち、頰に青い筋が出来ていた。そのアイシャドーは今年流行の色で、バラ色の口紅と合わせて買ったものだった。(このシーンの描写のため化粧について取材。資料として購入した化粧品十数点の代金を経費とする)

「とにかく警察に知らせましょう」芳賀は再び車のエンジンをかけようとした。ところが先程の衝撃で故障したらしく、うんともすんともいわない。「これは困ったな。こんなところで立ち往生している場合じゃないのに」

「ヒッチハイクしましょう」

静香は道の脇に立ち、ミニスカートを少したくしあげる大胆なポーズでヒッチハイクを始めた。しかしどの車も止まってくれない。

「こんなはずじゃないのに」静香は悔しさのあまり、歯をきりきり鳴らした。（歯を鳴らす練習をしたところ、差し歯を破損。経費とする）

やがて一台の車が止まった。ところが運転していたのは、意外にも女性だった。

「あなた、そんなルックスでヒッチハイクなんて無理よ」女性ドライバーはいった。

「まあ失礼な」静香はむくれた。

「あたしが何とかしたげるわ。お乗りなさい」

幸い静香がその車に乗せてもらえることになったので、芳賀も同乗させてもらうことにした。「警察に行ってください」と彼はいった。

「それは後。とにかくついてきなさい」とドライバーの彼女はいった。

芳賀と静香が連れていかれたのは、エステティックサロンだった。

「さあ、ここで綺麗になるのよ」

芳賀と静香は、ベッドの上に寝かせられた。ドライバーの女性は有名エステの社長だったのだ。二人はエステ・レディと呼ばれる女性たちによって、身体中にクリームをつけられたり、マッサージされたりした。（エステ料金を経費とする）

エステを出ると、二人は警察に向かった。

刑事を連れて現場に戻った。すると例の白い建物が燃えていた。

「しまった」芳賀は叫んだ。「僕たちがいなくなっている間に、犯人によって火をつけられたんだ」

すぐに消防署に連絡がいった。間もなく消防自動車がやってきて、火を消し止めた。だが建物は大半が焼け落ちていた。

芳賀は焼け跡を調べてみた。ところが逸見の死体はどこにもなかった。

「おかしい。どこへ消えてしまったんだろう」と芳賀は呟いた。

焼け跡の中から、いくつかの物品が見つかった。まず婦人用の和服が五着、燃え滓となって出てきた。そのうち一着は、大島紬だった。いずれも真っ黒に炭化していた。

（実際に燃やして実験。和服五着分を経費とする）

さらに真珠のネックレスと一カラットのダイヤの指輪も、炭になっていた。（同様にネックレスと指輪を経費に）

「ほかに何かありませんか」引き続き焼け跡を調べている捜査員たちに芳賀は声をかけた。

「被害者はここで何日間か生活していたようだな」と捜査員はいった。「食料だと思われるものがいくつかある」

「どういうものですか」

「ええと」捜査員はいった。「牛肉、葱、豆腐、しらたき、卵……」（これらの食品を燃やした場合、どうなるかを調べるため、実験した。材料費は経費とする）

6

二月二十日、俺は浜崎の手を借りて、確定申告を行った。

強引な方法を使うことによって、俺は膨大な額の必要経費を生み出すことに成功した。おかげで、例年に比べて収入が多かったにもかかわらず、俺の手元には還付金が戻ってくるはずだった。俺たちは、祝杯をあげ、万歳三唱した。

ところが三月二十日、俺は地元の税務署から呼び出しを受けた。そして必要経費の明細を提出するよう求められた。

俺は『氷の街の殺人　第十回』の原稿コピーと共に書類を提出したが、一部を除き、大半の経費については認められなかった。

おかげで、莫大（ばくだい）な額の税金を要求されることになった。

俺は妻と共に、途方に暮れた。

今も、途方に暮れたままである。

『氷の街の殺人　第十回』を書いて以来、どこの出版社からも仕事の依頼が来なくなっていた。

『氷の街の殺人』も、連載が打ち切りになっている。

どうしよう。

超理系殺人事件

この小説が肌に合わない方は飛ばし読みして下さい。

1

天気がいい日曜日なので、久しぶりに駅のほうまで散歩してみることにした。ふだんはバスを使うことが多いのだが、歩いても二十分あまりの距離だ。

駅前に出ると、まず本屋に入った。ここでミステリの文庫本を買った後は、パチンコ屋にでも寄ってから帰ろうというのが、この時の私のプランだった。

休日ということもあり、本屋には客が多かった。とはいえ、人が集まっているのは雑誌のコーナーばかりだ。若い娘たちはファッション雑誌に手を伸ばし、男たちはより刺激的なグラビアが載っている雑誌を探し求めているように見える。バイクやスポーツなどの趣味の雑誌も売れているようだ。最近ではテレビ番組だけを扱う雑誌も、相当売り上げを伸ばしていると聞く。

だが雑誌の中には、休刊していくものも少なくない。過当競争に生き残っていけないというケースもあるだろうが、その分野全体の人気が低下しているというものもある。

その一例が科学雑誌だ。

一時は何社からも出ていたように思うのだが、最近は少なくなった。ここにも理系離れの影響が出ているのだろう。私のように、愛読していた科学雑誌も休刊になり、寂しい思いをしている者もいるのだが、やはり少数派らしい。

雑誌以外で人気があるといえば、マンガのコーナーだ。ただしここには人がたむろしているということはない。一冊一冊がビニール袋に入れられており、立ち読みができないからだ。もし立ち読み可能なら、この本屋は子供たちで溢れかえるに違いない。

文芸書のコーナーは相変わらず人気がなかった。ベストセラーと書かれた札が立っている棚の前にも客がいない。十万部売れればベストセラーと呼ばれる文芸書と、初版百万というのも珍しくないコミックスの差がここにある。

私は活字派だが、ハードカバーの本を買うことはまずない。理由は三つある。一つには値段が高い。少し待てば廉価で文庫本が出るというのに、わざわざ高い金を払う人びとの気持ちが私には理解できない。

次に、持ち運びが厄介だ。特に昨今は頁数が多く、分厚い本が増えてきた。あんなものを通勤電車の中で開けられない。布団の中でひっくり返って読むにも苦痛である。

そして最後に、読んだ後邪魔だ。さほど広くもない家だけに、ハードカバー本を保管しておく余裕はない。文庫本ならかさばらないし、捨てるのも気楽にできる。

というわけでこの日も私は、脇目もふらずに文庫本の棚を目指すはずであった。

ところが――。

平積みされた新刊本の前を通る時、不思議な感覚が私を襲った。それは不気味な言い方をするならば、幽霊に頬をなでられるような感覚だ。ただし冷たくはない。温かい感触だった。私は思わず、そちらのほうを見た。

おっと思わず声が出そうになった。

ずらりと並んだ本の間から、一瞬ぼうっと光を放ったものがあったのだ。目をこらした次の瞬間には、その光は消えていたが、私には錯覚とは思えなかった。

私は光の根源であったと思われる書物に手を伸ばした。それは黒い表紙のハードカバー本だった。タイトルは、『超理系殺人事件』とある。作者は佐井円州となっているが、これはたぶんサイエンスをもじったものだろう。

私は表紙を開き、頁をめくってみた。

2

『超理系殺人事件』より

殺人現場の研究室に置かれていた、黒板大の共同作業用コンピュータディスプレイには、次のように書いてあった。

「光源Aと反射鏡Cがある系を考える。この系が速度vで真横に移動しているとする。AからCに向かって発せられた光は、Cで反射しない。光が達した時、すでにそこにはCはないからである。マイケルソン＝モーレーの実験の解釈には誤りがある。光源と反射鏡が移動していて、なおかつ両者の間を光が往復したのなら、それはAからCに向かって発せられた光ではなく、もともと無関係な方向に散乱するはずだった球面波の光である。したがってAC間を移動した光の見かけの速度は、cマイナスvコサインθであり、それを代入し、近似式を使えば、説明できる。つまりアインシュタインは間違っている」

そしてディスプレイのすぐそばで、宇宙物理学者の一石（いちいし）博士が死んでいた。机に突っ伏すような体勢で、まるで眠るように息を引き取っていたのだ。

死体を発見した助手は、かねてより一石博士と親しい、野口を呼びに行った。野口は医学博士であり、生命工学の権威でもあった。

野口博士は死体を子細に観察した後、警察に連絡するよう助手に指示した。

「他殺の疑いがある」というのが、その理由である。

すぐに地元の警察から捜査員が駆けつけてきた。だが、検視に立ち会った刑事調査官は首を傾げた。

「これは老衰だと思われますね。かなりのご高齢のようだし、外傷もない。毒物を盛られた形跡もありません」

だが野口博士はかぶりを振った。

「当研究所の研究員たちの健康状態については、完璧にチェックがなされている。一石博士はたしかにご高齢だったが、まだタイムリミットまでには時間があったはずだ」

「しかし老化というのは、知らぬ間に忍び寄るものですから」

刑事調査官の言葉に、野口博士は眉を寄せ、大きく息を吸い込んだ。

「各自の老化についても、当研究所の医学班で把握しているよ。細胞レベルでね。そもそも成体に達した哺乳動物の細胞は三種に分類できる。固定性分裂終了細胞群、増殖性分裂細胞群、可逆性分裂終了細胞群の三つだ。この三つとも、加齢と共に減少する。たとえばヒトの末梢血液中のリンパ球の数が歳と共に減るのは、リンパ球を供給する幹細胞が少なくなるからだ。この幹細胞は増殖性分裂細胞群に入る。また大脳皮質や小脳皮質の神経細胞も加齢と共に減少するし、肝細胞でも同様だ。神経細胞は固定性分裂終了細胞群に属し、肝細胞は可逆性分裂終了細胞群に含まれる。このように細胞の数だけでも老化を把握することは可能だが、そのほかに細胞容積の増大、細胞核の揃い具合などでもチェックできる。細胞だけではないぞ。細胞外基質も加齢によって変化する。コラーゲンでは蛋白質の間で架橋反応が進み、硬くてもろくなる。また基質の蛋白はグルコースが共有結合して、通常とは違った情報を細胞に伝達するようになる。ではなぜ細胞数が減るのかということだが、それぞれに必要な生存因子があり、それが不足するとアポトーシスが誘導されるという説が有力だ。それ以外に、細胞分裂が困難になるということも推定される。先に述べた可逆性分裂終了細胞群の細胞は、必要に応じて分裂できることになっているが、ヘイフリックの細胞分裂の限界と呼ばれるものが存在し、たとえば内皮細胞、繊維芽細胞、平滑筋細胞、グリア細胞などは五十から百回ぐらいしか分裂できないのだ。この機構に関して我々は染色体末端粒のテロメアというものに注目している。真核細胞の染色体の両端にはTTAGGGの繰り返し配列からなるテロメアが存在しているのだが、複製するたびにこのテロメアユニットが欠落していくのだ。これが使い果たされたところで分裂は終了となる、という仮説を我々は持っている」

殆ど息をつく間もなく一気にまくしたてた後、野口博士は唖然としている刑事調査官に向かって、「というわけで、一石博士が老衰で死ぬほどの老化をきたしていたかどうかなどは、我々のほうで完全に把握しておるのだ。そして、そのような事実はないと断言してよい。つまり他殺だ。わかったかね」と威圧的な口調でいった。

「はあ、あの、わかりました。なんとなく」刑事調査官は頭を掻いた。「わかりましたが、すると一石博士の死因は何でしょう？」

「ふむ」野口博士は頷いていった。「たぶん脳血栓だろう」

「脳血栓……ということは、やはり病死ではないんですか」

刑事調査官の言葉に、医学博士はうんざりした顔を作った。

「何度同じことをいわせるんだね。一石博士の血管は、それほど老化していなかったといってるじゃないか」

「では何者かによって、意図的に脳血栓が引き起こされたと？」

「そう考えるのが妥当だろうね」野口博士は腕組みをし、二度三度と首を縦に動かした。

「そんなことが可能ですか」

「可能だ。ヒロリン—αを使えばね」

「ヒロリン……何ですか、それは」

「脳血栓というのは、血管の老化によって起きる。そして血管の老化の鍵を握っているのは、血管の内壁を覆う内皮細胞だ。この内皮細胞を増殖させるには、脳やがん細胞に含まれているＦＧＦという成長因子が必要だということはわかっている。このＦＧＦがないと、細胞は休止するだけでなく、アポトーシスが誘導されて死んでいくのだ。さらに我々は、ある薬品を投与することで、このＦＧＦの分泌が抑制されることを発見した。その薬品がヒロリン―αだ。つまりこの薬品を使えば、意図的に血管の老化を促進し、脳血栓や心臓病へと誘導することができるのだ」

「そ、そのヒロリン―αはどこにあるのですか」今まで黙って博士と刑事調査官のやりとりを聞いていた捜査一課の警部が、いきおいこんで訊いた。

「細胞生物学実験室にあるはずだ。盗まれてなければね」

野口博士の言葉を聞き、警部は部下を連れて駆けだした。

3

そこまで立ち読みしたところで、私は『超理系殺人事件』の本を閉じた。じつはこれだけ読むのに、えらく時間がかかっていた。登場人物の一人、野口博士が語る内容を把握するのに、何度も同じところを読み返す必要があったからだ。また、冒頭に出てくるディスプレイに書かれた文章を理解するのにも、少し時間がかかった。

私はその本を持ってレジに向かった。今日は文庫本はやめにしよう。たまにはハードカバーを買うのも悪くない。

本屋を出るとパチンコ屋の前を素通りし、最初に目についた喫茶店に入った。店内は明るく、すいていた。ラッキーだ。これならゆっくり読書できそうだ。

一番奥の席につくと、コーヒーを注文した。そして早速買ってきた本を開いた。

物語の中では、捜査員たちが細胞生物学実験室の捜索を始めた。やはりヒロリン－αのサンプルが何本か盗まれていた。そのサンプルはそれぞれ少しずつ条件が違うのだが、その違いについて実験室長が語るところはすごいとしかいいようがない。何しろ、四頁にわたって、専門用語を駆使した説明が延々と続くのだ。さらにそれが終わると、先程の野口博士がまたやってきて、作用の過程について二頁ほど解説するという具合だ。

それらの部分をどうにかこうにか読破したところでコーヒーカップに手を伸ばした。コーヒーはすでにぬるくなっている。いつ運ばれてきたのかも覚えていなかった。

私は『超理系殺人事件』に目を落とした。これからも、こういった内容が続くのだろうか。だとしたら、とんでもない本だと思った。そしてこんな本を喜んで読んでいる自分が、おかしくなった。

私は中学校で理科を教えている。自分では、理系人間のつもりである。ところが今の世の中は、理系がとても生きにくい。少しでもその方面の話をすると、相手から嫌な顔をされる。

　それだけに『超理系殺人事件』などという、そのものずばりのタイトルの小説があるとなれば、読まないわけにはいかないのだった。一体どういうコンセプトで書かれたものなのかも気になるところだ。

　物語の舞台となっているのは、国立超先端科学研究所である。これは実際に存在している機関なので、私はちょっとびっくりした。フィクションに実名を出してもいいのだろうかと思ったのだ。しかし警視庁や科学技術庁といった名称は従来の小説でも使われているのだから、公的機関の場合は許されるのかもしれない。

　国立超先端科学研究所は、二年前に作られている。あらゆる分野のエキスパートが集められ、日夜各方面の最先端研究が行われているという話だ。どんなことが研究されているのか、一般には全く公表されていない。だからその様子を窺（うかが）えるというだけでも、この本には価値がある。

　物語の中では、刑事が、殺された一石博士と対立していた法金（ほうきん）教授に目をつける部分にさしかかっていた。

4

『超理系殺人事件』より

「聞くところによりますと、先生は先日、一石博士とかなり激しい口論をなさったそうですね。そのことに間違いはありませんか」刑事が法金教授に尋ねた。ここは国立超先端科学研究所内にある、教授の部屋である。

法金教授は心外そうに白い髭(ひげ)に包まれた口元を歪(ゆが)めた。髭はたっぷりあるが、頭部に毛は一本もなかった。

「口論というのは誤解だよ。我々は議論を闘わせていただけだ。議論こそが、学問を向上させる栄養なのだ。わかるかね」

「それはまあわかりますが、居合わせた人々の話によりますと、相当興奮しておられたようですね。それで、あの、一石博士のほうが法金先生のことを、ええと、あの、金柑頭(きんかん)といったとか。それで先生のほうが、殺してやると叫ばれたとか。それは事実でしょうか」

「ふん」教授は鼻を鳴らした。「覚えてないね」

「一応その時にどういう話をされたか、かいつまんで説明していただけますか」

「よかろう」教授は椅子に座り直した。「我々の議論の的は、ハッブル定数と銀河年齢の矛盾を、どのように説明するかということだった。ハッブル定数というのは、君も知っていると思うが、エドウィン・パウエル・ハッブルが『系外銀河の距離と視線速度の関係』という論文で発表した、銀河の後退速度は距離に比例するという公式における比例定数のことだ。ハッブルはこれを根拠に、宇宙が膨張していることを主張したのだな。が、問題はそのハッブル定数がいくつなのかということだった。発表当時は五三〇キロメートル／秒／メガパーセクだったが、これをもとに計算すると、地球の年齢よりも宇宙の年齢のほうが短いという矛盾が生じてしまったのだ。それについては『宇宙は膨張しているが年齢は無限であり、その姿は変化しない』とする定常宇宙論が提唱されたりしたのだが、結局ハッブル定数の決め方に問題のあったことがわかった。そしてついに決定版ともいうべきハッブル定数が発表された。米カーネギー天文台のフリードマンらがハッブル宇宙望遠鏡を使って、おとめ座銀河団中の銀河M100にあるセファイド型変光星の周期絶対光度関係を精度よく求めた結果、ハッブル定数を八〇±一七と決定したのだ」

「その数字について、先生と一石博士は意見が食い違ったのですか」刑事が汗だくになってメモを取りながら訊いた。

「いや、この数字には双方とも納得している。問題はこれによってはじきだされる宇宙年齢のほうだ。この数字をもとに計算すると、約八十億年にしかならない。放射性同位元素の存在量などから太陽系や地球の年齢は約四十六億年と確定しているから、こちらのほうは問題にならない。引っかかってくるのは銀河の年齢だ。銀河の年齢決定法の中で、現在最も精度が高いといわれているのは、球状星団の年齢から推定する方法だ。球状星団とは、誕生時期が同じで、重元素の少ない小さな星の集合のことをいう。時間と共に質量の大きい星から姿を消していくので、主系列から離れようとしている星の寿命を理論モデルから計算すれば、球状星団そのものの年齢を推し量ることができるのだ。こうして求められた球状星団の年齢は一四〇±二〇億年だ。つまりハッブル定数によって求めた宇宙年齢よりも長くなってしまう。銀河年齢の決定法には、もう一つ放射性同位元素を利用する方法もある。ウランやトリウムなどの現在の相対存在比から、銀河がいつ誕生していなければならないかを求める方法だ。もちろんこれには星の爆発によって重元素が供給されていた時代と、太陽系に取り込まれて供給がストップした時代を考慮して、元素転換過程を解く必要がある。この方法によって算出した銀河年齢は一五〇±四〇億年。やはりハッブル定数による宇宙年齢よりも長い。この矛盾をどう説明するか。その点で、私と一石博士で意見が分かれたというわけだ」

「はあ、そうなんですか」刑事はすでにメモを取るのをやめていた。

「この矛盾に対する私の説はこうだ。そもそも単一のハッブル定数を、この宇宙全体に当てはめていいものだろうかというものだ。測定方法や、数値自体には文句はない。だが、たかだか百メガパーセクの距離内に収まる宇宙について観測した結果に過ぎないのだよ。千メガパーセクを越えるようなスケールでみれば、ハッブル定数も変わってくるはずだというのが私の説だ。それを裏づける報告もあるよ。クエーサーから同時に出た二つの光が重力レンズでどのように曲げられるかを観測することで千メガパーセク彼方のハッブル定数を求めたところ、五十以下の数字が出たんだ。これを聞いて、私は自分の仮説に自信を持ったね。ところがあのガイコツ男は、いや一石君は」法金教授は咳払いをしてから続けた。「宇宙定数などという過去の遺物を出してこようとしている。全く理解できんね。宇宙定数というのは、未知の宇宙斥力を生み出すものだ。たしかにこれを宇宙方程式に組み込めば、宇宙を平坦に保ちつつ、宇宙年齢を伸ばすことができる。遠方の銀河の数や、重力レンズの数も、計算結果に近くなる。しかしだね、所詮は辻褄合わせにすぎんのだ。理論と結果を合わせるために、根拠不明の定数を出してくるなんぞは研究者のすべきことではない。大体宇宙定数を最初にいいだしたアインシュタイン自身が、あやまちを認めているんだ。そういう筋の通ったことを私がいうと彼は私のことを、分からず屋の、き、金柑頭と……。ううう、少しばかり髪の毛が残っているからといって、いっていいことと悪いことがある。それで私はいってやったのだ。殺してやるとね。ふん、売り言葉に買い言葉だよ。それが何か悪いかねっ」

5

私は本から顔を上げると、ウェイターを呼び、コーヒーのおかわりを注文した。一杯のコーヒーだけで、喫茶店で一時間以上粘るほどの厚かましさは私にはない。

物語の中では、捜査員たちが殺された一石博士と関わりのあった人物一人一人に当たるシーンが続いている。主に宇宙物理学の研究者で、そのたびに法金教授の時と同様のやりとりが交わされるのだ。研究者たちは、それぞれ自分の研究テーマについて語るが、そこにはどうやら一石博士と対立する立場かどうかを読者に示すという狙いが含まれているようである。「宇宙の泡構造」、「ゆらぎ」、「巨大重力源」といった理論にまつわる話がぽんぽん飛び出してくる。それらの説明を一つ一つ読むだけでも一苦労である。ただし、心地よい疲労だ。理系の世界に接しているなあという喜びがある。

また医学班では一石博士の身体が調べられるが、やはり意図的に血管が老化させられていることが判明する。このシーンでも、これまで聞いたことがないような医学用語、生命工学用語が洪水のように襲ってくる。なかなかの快感だ。

そうこうするうちに警察は、ある壮大な計画が、この国立超先端科学研究所で実施されようとしていることを知らされる。それは、理系人間だけを隔離して育成するというものだった。そしてその計画の中心人物が、一石博士だったのだ。

このあたり、なんとなく気になる話なので、私はさらに念入りに読むことにした。

6

『超理系殺人事件』より

「その計画について、くわしく話していただけますか」県警本部の刑事部長がいった。話は、捜査一課の一つの班だけで処理できるような代物ではなくなってきているのだ。

刑事部長の前には円形のテーブルがあり、各研究機関を代表する研究者たち十数名が席についていた。すぐには誰も答えなかったが、やがて中央に座っていた人物が立ち上がった。この研究所の副所長である恩田（おんだ）博士だった。所長は、死んだ一石博士だ。恩田は分子生物学の権威でもあった。

「計画の正式名称はベビー・サイエンティスト計画といいます。一言でいうと、理系的才能を持った赤ん坊だけを一箇所に集め、子供の頃から専門教育を施すというものです」

「ははあ、英才教育機関というわけですか」

「不特定多数の子供全員に同じような教育を受けさせ、試験をすることによって理系に優秀な人間をピックアップするというのが、従来のやり方でした。しかしこの方法には多くの問題点がある。まず正確さに欠ける。現在の受験システムでは、テクニックさえ覚えれば、理系的センスがなくても数学や物理などで高得点を上げることも可能です。これでは真の理系人間を見つけだすことはできない。次に無駄が多い。この場合の無駄には、質的な意味と時間的な意味があります。早い話が、理系向きでない子供に理系学問を教えるのは無駄なのです。理系向きの子供の時間を奪い、足を引っ張る結果にしかならない。子供たちの理科離れがいわれていますが、あれも結局、才能ある子供たちが多数派に押し流されていることの表れなのです」

「しかし試験をしないと、どの子供に理系的才能があるか、わからんでしょう」刑事部長が、異星人を見るような目で全員を見渡した。

すると恩田博士は、やや憐れむように刑事部長を見返した。

「子供に理系的才能があるかどうかなんてことは、胎児の段階から、いや極端なことをいえばそれ以前からわかりますよ」
「えっ、そうなんですか」
「たとえば性格は極めて遺伝性が高い。同様に学習能力、知性、情報処理能力なども
そうなのです。これらは脳のグルコース代謝能力、エネルギー源であるＡＴＰの合成
能力、ニューロンの伝達速度などに依存しているわけですからな」
「……理系の子は理系、というわけですか」
「それは高い確率でそうでしょうね。我々は基本的には、研究職というのは世襲制が
一番いいと考えておるのです。しかしそれだけでは、やはり正確さに欠ける。私が決
め手と考えているのはヒトゲノムによる分別です。ヒトの設計図であるＤＮＡの三十
億の塩基配列をすべて読み解こうとするヒトゲノム計画は、約九〇パーセントまで終
わっています。特に構造解析は順調に進んでおり、遺伝的マップはほぼ完成しており
ます。あとは機能解析ですが、これも数年以内にはかなりのレベルまで解決するでし
ょう。そうなればマップを読むことにより、理系ベビーを分類することも不可能でな
くなります」
「ははあ、よくわかりませんが、なんとなく不気味な話ですな」
「単に理系的センスを持っているだけでなく、研究業務に適した性格かどうかも、重
要なチェック項目になります。それも遺伝子を読むことで解決します。たとえば怒り

やフラストレーションで暴力的行動に出やすい男性の遺伝子を解析した結果、X染色体にあるモノアミン酸化酵素A略称MAOAの遺伝子中に、突然変異が生じて、酸素活性が低下していることが判明しています。MAOAは、セロトニン、ドーパミン、ノルアドレナリンなどの生体内のモノアミンを代謝する酵素で、この欠損によってストレスに過剰反応した結果が暴力的行動となるのです。最近では、神経伝達物質が人間の気分の変化に関わっているらしいこともわかっています。理系ベビーの選択の際には、これらも入念に調べる必要があるでしょう」

「なるほど」刑事部長は曖昧に頷いた。理解することは放棄した顔だった。「計画の内容はなんとなくわかりました。で、あなたはその計画と今回の殺人事件とは関係があるとおっしゃるわけですか」

「そうです」と恩田博士は答えた。「今度の犯行は、明らかにこの計画に反対する者たちの仕業です」

「反対する者たちといいますと?」

「似非理系テロリストたちです」

博士の言葉に刑事部長はきょとんとした。

「えせ……何ですか?」

「似非理系テロリストです。本来は理系のセンスなどないのに、何を勘違いしたか自分を理系人間だと思いこみ、無意味に科学情報を求めたり、時には自分から幼稚な情報を発信したりして、真性理系人間の世界を混乱させる迷惑者のことを我々は似非理系人間と呼んでおりますが、その中でも特に過激な連中が似非理系テロリストです」

「そんな連中がいるのですか」刑事部長は目を丸くした。

「潜在的にその素養を持っている人は意外に多いのです。ちょっとパソコンを操れる程度で理系人間になったような気になる人も、その一種といえます。もっとも、テロリストの段階まで症状が進んでいる人は少ないでしょうが」

「で、なぜその連中は計画に反対しているのですか」

「単純なことです。計画が実施されれば、科学は一般人の生活から完全に切り離された学問になるでしょう。似非理系人間たちは、それが面白くないらしいんですな。人間は平等に学ぶ権利があるはずだというわけです。どうやら彼等の中には、自分たちの子供を科学者にしようとしている者が多いようです」

「ははあ、しかし、その言い分も一理あるような気がしますな」

「それはあなたが科学というものをわかっていないからです。科学というのは、真に理解できないのであれば、学ぶことに何の意味もないのです。そして全く学ばなくても、生活に何の支障もありません。電気工学など全く知らなくても、電化製品を使いこなすことはできます。プログラムなど知らなくてもパソコンは使えます。車を運転するのに内燃機関の知識は不要だし、流体力学を理解できなくても飛行機の操縦はできます。一般の人は何も知らなくていいのです。いや、知らないほうがいい。下手な知識は、間違った情報を広めることになります。医学を例にとると、よくわかる。素人判断で誤った処置をし、かえって病状が悪化したという話を聞いたことがあるでしょう。疑似科学が生まれるのも、理系に不向きな人間が中途半端に科学知識を学んだ結果のことです。中途半端な科学知識は、人類に何の利益ももたらさない。これは断言できます」

恩田博士の迫力ある主張に、さすがの刑事部長も少したじろいだ。彼自身は科学には全く関心のない人種であった。

「おっしゃることはわかりました。しかし今回の犯行が、そのテロリストたちの仕業だという証拠はあるのですか」

「あります」恩田博士はきっぱりといいきった。「テロリストというのは、大抵の場合、犯行声明を出すものです。今回、似非理系テロリストたちも、きっちりとそれを出しています」

「えっ、そうでしたか？」

刑事部長は驚いて、そばにいる部下たちに確認した。だが誰もその事実については知らなかった。

　すると今まで黙っていた法金教授が口を開いた。

「君たちが知らないのも無理はない。ついさっき一石博士の助手が見つけたのだ。あまりに目立つところにあったので、かえって気づかなかったというわけだ」

「目立つところとは？」

「コンピュータディスプレイだ。あそこに妙な文章が書いてあったことは知っているかね」

「アインシュタインがどうとかこうとか……」

「そう。あれだ」

「あれは一石博士がお書きになったものじゃなかったのですか」

　刑事部長の言葉に、法金教授は薄ら笑いを浮かべた。

「一石博士は優秀な宇宙物理学者だ。素晴らしい論文をいくつも発表しておられる。それらの論文のベースとなっているのは、アインシュタインの相対性理論にほかならない。その博士が、アインシュタインは間違っているなどという説を展開するはずがなかろう。あそこに書いてあったのは、相対性理論を正しく理解していない似非理系人間が、かつてよく主張した幼稚な論理だ。具体的には、光をある方向に発射するとはどういうことかを、正しくわかっていない。反論する以前に、大前提ですでに間違っているというお粗末さだ。無論連中にしても、今ではでたらめな論理であることはわかっているだろう。だからアインシュタインを信奉している一石博士のそばに書き残すことで、自分たちの犯行であることを示す声明文の代わりにしたのだ」

「はあ、なるほど」刑事部長は、相変わらず曖昧な顔で頷いた。

7

そこまで読んだところで私はずいぶんと不愉快な気分になっていた。これは小説で、たぶんここに書かれている内容もフィクションだろうが、なんとなく作者自身は本気でこのように考えているのではないかと思えたからだ。

科学というのは、真に理解できないのであれば、学ぶことに何の意味もない――。

一般人は何も知らなくていい。いや、知らないほうがいい――。

中途半端な科学知識は、人類に何の利益ももたらさない――。

なんという傲慢(ごうまん)な考え方だろう。自分たちを何様だと思っているのだ。

私は子供に理科を教える時、決して難しい学問ではないのだということを最初にいう。全ては身の回りの延長線上で考えることが可能だと説明する。もちろん子供たちにだって能力差はある。個性の違いといってもいい。スペースシャトルで活躍する宇宙飛行士を見て、重力の概念を理解できる子もいれば、宇宙空間に上下はないという状態をどうしても把握できない子もいる。しかしそれでいいのだ。その子は代わりに、アサガオの開花に感動する感性を持っているかもしれないではないか。

もしこの作者が本気でこんなふうに考えているのだとしたら、精神的にちょっとおかしいんじゃないかと私は思い始めていた。こんな計画が本当に実行されつつあるのなら、私だって反対するだろう。

もっとも、私は自分のことを似非理系人間だとは思わない。自慢じゃないが学生時代から理数科の成績は抜群によかったし、アインシュタインの相対性理論だって、きちんと理解しているつもりだ。新聞の科学欄に載っている程度の記事なら、一度読むだけで内容を把握できる。パソコンだって苦手ではない。メカにも強い。車のちょっとした故障なら、自分で修理できるほどだ。

それでも科学者にならなかったのは、もっと広い世界を知りたかったからにほかならない。科学以外にも素晴らしいことが、この世にはたくさんある。そういうものを知らないままというような不幸な人生を、私は選びたくなかったのだ。

そう考えると、科学者というのはどこか屈折したところがあって当然なのかもしれない。だからこういう小説も成り立つのかもしれない。

二杯目のコーヒーを飲み干してしまったので、ミルクティーを注文してから、また読みだした。

8

『超理系殺人事件』より

「そういうことであれば、そのテロリストたちを疑ってかかる必要があるでしょうな」刑事部長がいった。「しかし弱りましたね。たぶんうちの警察には、いや警察庁にだって、その連中の資料はないと思われますが」

「ないでしょうね」と恩田博士が答えた。「似非理系テロリストたちの存在を摑んでいるのは、我々と科学技術庁の人間だけです」

「リーダーが誰かはわかっているのですか」

「いえ、わかっていません。というより、それほどしっかりした実体を持った組織ではないのです。だからリーダーというのも、もしかしたらいないのかもしれません」

「では一体どこから攻めていけばいいのかな……」刑事部長は弱りきった顔を部下たちのほうへ向けた。だがその部下たちもこれといったアイデアはないらしく、鬱陶しい顔でうつむいている。

すると恩田博士がいった。

「我々のほうに提案したいことがあるんですが」

「何ですか」

「じつは、一般市民の間に潜んでいる似非理系人間たちを見つけだす方法というのを、先日開発したのです」

「えっ」刑事部長は椅子からぴくんと腰を浮かした。「そんな方法があるんですか」

「あります。まだ完璧とはいえませんが、かなり確率は高いと思いますよ」

「どのようにするんですか」

「原理はいたって簡単です。釣りと同じです。餌を撒き、引っかかるのを待つだけです。ただし餌に工夫があります。似非理系人間だけが食いつく餌でなくてはいけません」

「それはどういうものですか」

「それをご説明する前に、まず彼の話を聞いてください」

そういうと恩田博士は、隣に座っている若い研究者を指した。その研究者は立ち上がり、量子力学担当の穴黒です、と自己紹介した。それから息をすっと吸い込むと、突然早口でしゃべりだした。

「宇宙の誕生を考えるには虚数時間が必要である。それは特異点の存在による。特異点とは宇宙の時空が一点にまで収縮し、空間の曲率などが無限大になって物理的意味がなくなってしまう場所のことである」

「えっ？」刑事部長はきょとんとした。

だが穴黒はかまわずしゃべり続ける。

「アインシュタイン方程式にしたがうかぎり、宇宙は過去にさかのぼれば必ず特異点に突き当たる。この特異点を避けるために虚数時間が必要なのである。つまり宇宙の始まりでの特異点を消すには、そこでの時間と空間の区別をなくせばよい。そのためには時間を純虚数とする。詳しく計算するには、ファインマンが編み出した経路積分法を使う。この式で時間tを虚数時間i×tに置き換えて式を作り、宇宙の波動関数を計算してやる」

「ちょ、ちょっと待ってください。あなたは一体何を」

刑事部長の言葉が終わらぬうちに、今度は別の学者が立ち上がった。そして突然話し始めた。

「蛋白質（たんぱくしつ）の心臓部にあたるアミノ酸は別のアミノ酸に換えることができない。換えると固有の機能が果たせなくなるからだ。個々の蛋白質は独特の立体的形状を持っているが、その形も固有の機能を果たす上で重要であり、それを変えるアミノ酸の置き換えも許されない。こうして突然変異に対して何重にも制約が働いているため、進化の過程で機能を変えることができない」

また一人別の学者が立ち上がる。

「物質の最小構成要素はクォークとレプトンであり、それらの粒子の間に四つの力が働いている。クォーク数は不変であり、陽子は四つの力に対して安定である。大統一理論とは電磁気力、強い力、弱い力はもともと一つの力であり、それが低いエネルギーでは別の力のように見えるとする理論である。この統一する力はクォークとレプトンを対等に扱い、必然的にクォークとレプトンの間の相互遷移をひきおこす」

さらにまた別の学者が口を開いた。

「一次元では特異点の周辺を拡大して普通の点と同じに扱えるようにする解消のとり方は一意的で、二次元では極小解消が存在するが、三次元以上になると別の攻め方が必要である……」

9

なんだ、いったいどうなっているんだ――。

作中人物たちが、いきなりストーリーに関係なく専門分野の話を始めたので、私は戸惑ってしまった。人物たちの目的が、というより、この小説の作者の狙いが全く理解できなかった。

それでも何か意味があるのだろうと思い、私は根気よく読み進むことにした。作中人物たちの話す内容は、量子力学、宇宙物理学、生物学、医学、遺伝子工学など、とにかく理系に含まれる分野すべてを網羅していくようだった。正直にいうと、その内容は私にはよくわからないものばかりだ。しかし私はハンカチで額に浮いた脂を拭きながら、がんばって目を通していった。こういう部分を飛ばし読みするというのは、自称理系人間としては我慢ならないことなのだ。

そしてようやく学者たちの長々とした説明を読み終えた時である。不意に後ろから肩を摑まれた。びっくりして振り返ると、黒い服を着た大男が二人、私を見下ろしていた。

「すみませんが、ご同行願えませんか」左の男がいった。威圧的な口調だった。

「なんですか、あんたたちは」

私が訊くと、右の男が何か出してきた。それは身分証のようなもので、『特別捜査官』と印刷してあった。

10

『超理系殺人事件』より

「つまり」と刑事部長はいった。「この内容を本にして全国にばらまくわけですか」

「そうです。タイトルは『超理系殺人事件』としましょう」と恩田博士がいった。

「タイトルはどうでもいいですが、それでうまくいくでしょうか」

「すでに実験済みです。その本の背表紙の部分に極小脳波解析装置と通信装置を埋め込んでおきます。読書中の脳波を分析することで、その人物が似非理系人間かどうかをチェックできるのです。そしてあるレベルを越えていた場合は、即座に警察に連絡が入るというわけです」

「それはわかりましたが、脳波だけで似非理系人間かどうかわかるのですか」

「簡単ですよ。チェックすることは基本的に二つだけです。一つは、その人が飛ばし読みをするかどうか。もう一つは、飛ばし読みしなかった場合に、内容を理解しているかどうかです。普通の人なら、こんな小説を飛ばさずに読了するなんてことはありえない。そして真性理系人間なら、読む以上は理解します。わかりもせず、ただ意地だけで飛ばし読みしないなんていう変人は……」

「似非理系人間だけ、というわけですか」

「そういうことです」

なるほど、と刑事部長は納得して頷（うなず）いた。

超犯人当て小説殺人事件

問題篇

1

車は中央高速道路に入った。

「それにしても、妙な指示を出すものだよなあ」朝月出版編集部の顎川が、アクセルを踏み込んで車を加速させ、ハンドルを片手で操作しながらいう。「突然編集部にファクスを送りつけてきて、大至急家に来るように、だもんなあ。いや、家に呼びつけるのはいい。問題なのは、必ず四人揃って、とはどういうことだ。その四人が同じ会社ならともかく、全然別の会社の編集者が四人なんだもんな」

「説教でもする気じゃないのかな」後部座席右側の坂東が、シートにもたれたままで、にやにやした。彼は文福出版編集局に籍を置いている。「おれの本が最近あまり売れないのはどういうわけだ、おまえたちの努力が足りないからじゃないのか、何とかしろ——というふうにさ」

「これ以上、どう努力しろというんでしょうねえ」後部座席左側、忠実書店文芸部の千葉がため息をつく。「うちなんか、ついこの間だって鵜戸川邸介フェアをしたのに」

「いやいやいや。こっちだって、この間、二大新聞にまとめて広告を出したばかりっすよ」こういったのは、助手席に座っている大八書房の堂島だ。「その効果があって、このところ、以前に出した本に重版がかかっています。よそさまはともかく、うちに関しては、売れてないとは、いわせませんよ」

「そりゃあ、うちだって、売れてないわけじゃない」坂東が、ちょっとむっとした顔を見せた。「だけどさ、あの先生、欲が深いからな」

「あんなにお金を持ってるくせに、まだ欲しいんでしょうかねえ」千葉が呆れたような声を出す。

「不安なんだよ。売れなかった時代が長いからな」顎川が前を見たまま答えた。

「今では考えられないなあ。僕が会社に入った時には、すでにベストセラー作家でしたもんねえ」堂島が、身体を捻って後ろを向いた。

「千葉さんなんかも、そうじゃないですか」

「同じく」そういって千葉は頷いた。

「君たちは入社して何年になるの?」坂東が腕組みをして訊く。

「ちょうど十年です」と千葉。

「僕は九年です」と堂島。

「それなら売れなかった時代を知らなくても無理はないな」顎川が口を挟んだ。「鵜戸川さんが売れだしたのは、それよりもっと前だもんなあ。もう二十年ぐらい前になるんじゃないか。賞をとってからだもんな。ええと、あの作品は何といったっけ。奇怪島の……変態殺人の……」

「『怪奇島猟奇殺人の記録』」坂東が後ろからいった。

「そうだった。ははは。鵜戸川さんの前だったら、怒鳴られるところだった。あの本がベストセラーになって、それ以来売れるようになったんだよな」

「あれは名作ですよ」千葉が短くいってから頷いた。

「僕も、鵜戸川先生の作品で最初に読んだのが、あの怪奇島です。面白かったなあ。奇想天外で、それでいて人物に魅力があって」

「鵜戸川先生は」千葉は、少しためらいを見せてから続けた。「あの作品を凌ぐものを、まだお書きになっていないと思いますね」

「これはまた手厳しい」と顎川。だが声には真剣味が宿っている。

「だけど、それはいえてるよな」と坂東。こちらも真顔になっていた。「ベストセラーはいっぱい出ているけれど、これといった代表作がない。結局のところ、いつも真っ先にあがる題名が怪奇島だ」

「それを忘れてたんだから、俺は全く編集者失格だな」顎川は自虐的に低く笑った。

「早く新たな代表作となるものを、俺のところで書いてもらわないとな。そうすれば、題名を忘れるなんてことはないだろう」

「さあ、それは果たしてどうだろうね」

「なんだ、どういう意味だい？　次なる代表作は、文福出版のものだということかい」

「そうなればありがたいが、鵜戸川さんもそういう方向の欲はなくなってるからなあ。数年前までは、直本賞なんかにも色気を感じていたようだが、近頃は売れさえすればいいって感じが見え見えだもんな」

「同感ですね」千葉が、にこりともせずにいった。「このところの数作は、全部同じパターンの繰り返しです。新しいことにチャレンジする気は、全くないみたいで」

「最新作は、何でしたっけ？」堂島が訊く。

「何だったかな」顎川が前を見たまま首を傾げた。

「あれだよ、『はるかなる伝説の殺人』というやつだ。幼い時に別れた母親を探して浦島伝説の残る土地を訪れた男が、殺人事件に巻き込まれるというものだった」

「違いますよ。それは、うちで出した『永遠の時の殺人』です」千葉が訂正した。「はるかなる、は、行方不明になった恋人を探しに羽衣伝説の土地を訪れた主人公が、恋人の他殺死体を見つけるというものでした」

「そうだったか。まあいいよ、どっちでも」

「しかし読者の中には、あのワンパターンがいいっていう意見が多いんだよな」坂東が、げんなりした顔を作った。

「安心できるんでしょうね」堂島が同意する。

「水戸黄門やサザエさんのファンが多いのと同じだ」

「まあ、実際に売れるんだから、俺たちが文句をいう必要はないってことよ。下手に路線変更して、読者を置いてきぼりにしてしまったら、元も子もないからな」顎川がいう。

「それで、『はるかなる伝説の殺人』が出たのはいつ頃でした？　あれはたしか、縁談社の本でしたよね」堂島が、他の三人の顔を順番に見ながら訊いた。

「去年の秋……じゃなかったかな」千葉がすかさず手帳を開いた。「ああ、やっぱりそうだった。去年の九月ですね。年末に発表される、ミステリ本のベストテンを意識して刊行されたんでしょうけど」

「全然入ってませんでしたよね」堂島が、くすくす笑った。

「じゃあ、半年以上も新しい本が出てないってことか」顎川が小さく首を振った。

「一体何をしていたんだろう」

「去年の夏に奥さんが亡くなったんだったよな。それからちょっとペースが落ちたようだ。それでうちの編集部なんかじゃ、じつは奥さんがゴーストライターだったんじゃないか、なんていう噂まで流れたんだぜ」そういってから坂東は、口元を隠すしぐさをした。

「この数カ月間、うちのほうの原稿に没頭してくれてたのなら、ありがたいんだけどな」顎川がいう。

「それはないぜ。次は、うちの書き下ろしをするってことになってるんだ」

「何をねぼけたことを。次はこっちだよ。文福出版は、ついこの間ノベルス版を出したばかりじゃないか」

「ついこの間なんかじゃない。ずいぶん前だ。それに、あれは以前ハードカバーで出した本を、形を変えただけのものだ。新作なんか、ここ三年はもらってないよ」

「そうだったかな」

「そうだよ。だから次は、こっちでもらう」

「お言葉ですけど」千葉が口を挟んだ。「来月からうちの雑誌で、短期集中連載をしていただく予定になっています。その第一回目の百五十枚が、最優先のはずです」

「それはないだろう。忠実書店じゃ、『永遠の時の殺人』を出したじゃないか。順番からいっても、この中じゃ最後に回ってもらわないと」坂東が口を尖らせた。

「永遠の、は、ずっと以前に雑誌で連載したものを本にしただけです。鵜戸川先生が、もっと早く手入れしてくださってたら、一昨年ぐらいに出せてました」

「それにしても本を出したことには変わりがないじゃないか。こっちは、しばらく先生の原稿を拝ませてもらってないんだ。一歩も後に引く気はないぜ」顎川が、やや威圧的な口調でいった。

「それをいうなら、うちだってそうですよ」堂島が負けずに対抗する。「約束したのは、もうずっと前なんです。で、その期限だって、とっくに過ぎているんです。今度、他社から先に本が出たりしたら、僕は編集長から首を絞められちゃいます」

「いいじゃないか、絞められりゃあ」顎川が、ぶっきらぼうに返した。

「やれやれ、先生は一体どういうつもりなのかねえ」坂東が、ゆらゆらと首を振る。

「後先を考えず、簡単に仕事の約束を交わしてしまうのが、あの人の悪い癖なんだ。昔からそうだった。どうやら、ここにいる四人は、誰も譲る気はなさそうだ。となると、今度の原稿を、どこに渡そうと思っているんだ」

「もしかしたら」千葉が考え込む顔つきでいった。「今回この四人が呼ばれた理由は、そのへんにあるのかもしれませんね」

「どういうことだい？」運転席から顎川が訊く。

「次にどこの仕事をするか、先生ご自身も決めかねておられるんじゃないですか。それで、当事者四人に決めさせようとしておられるんじゃあ……」

「まさか」助手席で堂島が笑い顔を作る。

「いや、あの人の場合、わからんぞ。もしかしたら、そういうこともあるかもしれない」坂東が苦々しくいった。「何しろ変人だからな」

「でも話し合ったって、どうにもならないでしょ。坂東さんがおっしゃったとおり、誰も譲りませんよ」堂島が後ろを向いていった。

「必ず四人で一緒に来るように、というのがわからんのだよな。おかげで、俺が運転手をする羽目になっちまった」

「すまんねえ、運転ができなくて」

「申し訳ありません、車を持っていなくて」

「いいよ、もう。ただし、帰りの運転は堂島ちゃんがやってくれよ」顎川は、ややふてくされた顔で、指示を出し、アクセルを踏み込んで、立て続けに前の車を追い抜いた。

中央高速道路を出て、車は北上した。やがて、若者向けのペンションがたくさんあることで有名な観光地にさしかかった。休日には、さぞかしにぎわうであろうと思われる通りには、見ただけで目が痛くなるようなカラフルな土産物屋や飲食店が並んでいた。

「ここは別名、恥ずかし通りというそうですよ」千葉が車の窓から外を見て、苦笑を浮かべながらいった。「鵜戸川先生が嘆いておられました。自宅の住所をいうと、この通りをイメージされて困るって」

「本当に嘆いてるのかな。この街が若者に人気があるのを利用して、飲み屋なんかで女の子をくどくのに利用しているんじゃないのかい」坂東がくすくす笑う。

「奥さんが亡くなって、あっちのほうが一層盛んになったみたいだもんなあ。女遊びもいいけど、原稿だけはきちんと書いてほしいよ」顎川が顔を歪めて嘆いた。

車は別荘地に到着した。入り口にある管理事務所で行き先を告げると、踏切の遮断機のようなゲートが開けられた。顎川はアクセルを踏んだ。

鵜戸川邸介は、この別荘地の一番奥に自宅を持っていた。パーティや出版社との特別な会食がある時などには上京するが、ふだんはそこで執筆を続けているのだった。

ログハウス調の家の前で顎川は車を停止させた。

「そうだ。例のネクタイのことを忘れていた」坂東が、自分の鞄から包みをいくつか取り出した。「さあ、これを締めてくれ」

包みを開いた堂島は、露骨にげんなりした顔を見せた。

「何ですか、これは。ひどい趣味だな」

それは緑と赤のストライプに、金色の小さな髑髏マークがちりばめられた柄のネクタイだった。ＴＵの文字が縫いつけられている。

「鵜戸川先生の五十冊記念パーティで配る予定のネクタイだ。昨日、見本が出来てきたことを先生に電話でいったら、今日締めてこいといわれたんだ」

「だったら、坂東さんだけ締めればいいじゃないですか」

「そうはいかんよ。君たちの分も持ってきてやったんだから、文句をいわずに締めてくれ」

「やれやれ参ったな」顎川も、自分のネクタイを外して締め直した。

「絶対、女性にはもてないでしょうね」千葉も顔をしかめていった。

四人が車から出る前に、家の玄関のドアが開き、黒いパンツに黒いセーターという格好の女性が現れた。髪が長く、顔も面長だ。

「誰だい、あれは」顎川が後ろに首を捻った。

「先生の新しい秘書の方です」千葉が女性のほうに目を向けたままいった。「先月から、ここにいらしてるそうです」

「先生も、やるもんだねえ」坂東が、声をひそめながらも感嘆調でいった。

「美人ですね。年は三十前だな。元はＯＬというところかな」堂島がうらやましそうにコメントした。

四人が車から降りて近づいていくと、黒ずくめの女性は、まず丁寧にお辞儀した。

「お疲れさまでした。鵜戸川も先程から首を長くしております」歯切れよく彼女はそういった後、男たちのネクタイを見て、ちょっと目を剝いた。

2

四人は板張りのリビングルームに案内された。深緑色のソファが、庭を眺められる位置に置いてある。四人は女性秘書に促されるまま、大理石のテーブルを囲んで腰かけた。

「すぐに鵜戸川を呼んでまいりますので、少々お待ちくださいませ」そういって女性秘書は部屋を出ていった。

「この広い家に一人じゃ、先生も寂しかっただろうな」高い天井を見上げて顎川がいった。

「食事なんかも、あの女性が作っているのかな」坂東が千葉のほうを向いて尋ねた。

「そうらしいです」

「じゃあ、新しい奥さんみたいなもんだな。彼女に対しての態度にも、少し気をつけたほうがよさそうだ」

「先生、おいくつでしたっけ?」堂島が、向かいの顎川に訊いた。

「たしか、今年で五十三のはずだ」顎川が答えた。

「やるもんだねえ」先程、車の中でいったのと同じ台詞を、坂東は繰り返した。

ドアが開き、鵜戸川邸介が紺色の作務衣姿で現れた。四人は、ほぼ同時に背中をぴんと伸ばした。

「いやあ、お待たせ、お待たせ」鵜戸川は片手に紙袋を提げていた。それを傍らに置き、一人掛けのソファに腰を下ろした。「ファクスなんかで急に呼び出して、すまなかったね」

「いえいえ、先生のお呼びとあれば、どこにいても駆けつけますよ。はい」坂東が揉み手しそうな勢いで媚びへつらった。「ええと、これが今度のパーティで配る予定のネクタイです」

「ほう。いいじゃないか。僕の注文通りに仕上がっている」坂東のネクタイを指で触り、鵜戸川はうれしそうに目を細めた。

「それより、今回の呼び出しは、一体どういうことだろうと皆で話していたんですよ」

顎川の言葉に、鵜戸川は悪戯っぽい笑みを浮かべた。

「必ず四人揃って一緒に来るように、という指示のことだろう」

「そうです。一体何なんですか」

「それをこれから話すところさ」

そこへ、さっきの女性がコーヒーをトレイに載せてやってきた。彼女はマイセンのカップに入れたコーヒーを各自の前に置くと、少し離れたところにあるダイニングテーブルの横の椅子に座った。

「彼女のことを紹介しておこう。秘書の桜木弘子君だ。身の回りの世話なんかもしてくれるので、とても助かっている」

「桜木です」黒ずくめの女性秘書は、いったん立ち上がってお辞儀した。

四人も座ったまま頭を下げ、順番に自己紹介した。千葉だけは、前にも会ったことがあるといい添えた。桜木弘子は小さく頷(うなず)いた。

「さて、本題に入ろうか」鵜戸川は傍らに置いた紙袋に手を突っ込んだ。

四人は彼の手元を覗(のぞ)き込もうとして、一様に腰を浮かした。

鵜戸川が取り出してきたのは、A4判の紙を綴(と)じたものだった。それを四人に配った。

「おっ、これは新作ですか」そういって顎川は、隣の坂東の手元を覗き込んだ。「全部同じもののようですね」

「今月号の『小説珍重』に掲載される予定の短編小説だよ」

鵜戸川の言葉に、四人は戸惑ったような表情を見せた。『小説珍重』は、四人の会社とは別の出版社が出している月刊誌だ。

「この小説が何か？」坂東が代表するように訊いた。

「うん。じつはな、それはふつうの小説じゃないんだ」

「といいますと？」

「それはね、犯人当て小説なんだよ」そういってから鵜戸川は、ふふんと鼻を鳴らして笑った。

犯人当て小説、と全員が口の中で復唱して、手にしている紙をめくった。最初のほうをぱらぱらと見た後、すぐに最終ページを開くところは、四人共全く同じだった。

「本当ですね。以下次号へ、と書いてあります」顎川が顔を上げていった。

「解答篇は来月号に掲載される予定だよ。今月号では、読者からの解答を募集することになっている」

鵜戸川はマイセンのカップを鼻先に運び、香りをかぐしぐさをしてから一口啜った。

それに刺激されたように、四人もコーヒーカップに手を伸ばした。

「正解者には何か出るんですか」千葉が、相変わらずの無表情で質問した。

「よく知らないが、寸志を用意するそうだ。的中したら、テレフォンカードでも、もらえるんじゃないか」鵜戸川はカップをテーブルに置き、くすくす笑った。作務衣に包まれた肩が小さく揺れた。

「先生、まさか」といって顎川は、鵜戸川のほうを向いて座り直した。「我々にも、これを読んで犯人を当てろ、とか、おっしゃるんじゃないでしょうね」

すると作家は、ははは、と笑った。そして、テーブル上のガラス製煙草入れから煙草を一本抜き取ると、やはりガラス製のライターで火をつけた。それらはやけに、ゆっくりとした動作だった。

鵜戸川はソファにもたれ、深々と一服した。乳白色の煙が、四人の顔の前に吐き出された。

「ご明察だよ」と彼はいった。「君たちに、犯人当てをしてもらいたいんだ」

四人は一瞬絶句した。それぞれが他の三人の反応を窺い、配られた小説に目を落とし、最後にまたその小説の作者に視線を落ち着かせた。

「それはまた、どういうわけです」顎川が訊いた。笑ってはいるが、頬が少しひきつっていた。「そのためだけに、我々をお呼びになったのですか」

「そうだ、といったら、さすがの君たちだって怒りだすだろうな」

「いや、別に、怒りはしませんが……つまり、その」顎川はほかの三人を見回してから、咳払いを一つしていった。「わけがわからないだけです。何のために、こういうことをさせられるのだろう……と」

「そうだろうな。しかし安心したまえ。ちゃんと、僕なりの寸志を用意してある」

鵜戸川は、先程の紙袋に再び手を入れた。ただし今度は両手だった。そしてその両手に掴まれて出てきたのは、厚さが三センチはありそうな紙の束だ。紙のサイズはやはりA4だった。

彼はそれをテーブルの上に、どさりと置いた。

「賞品は、ずばり、僕の長編新作だよ。一番最初に犯人を見事的中させた者に、僕の新作を進呈しよう」

えっ、と全員が小さく叫んだ。顎川と坂東は腰を浮かし、千葉は目を見張った。そして堂島は口をあんぐりと開けた。

「もちろん、本当にただであげるわけじゃない。的中した人の会社で、本にしてもらうという意味だ」鵜戸川は説明を付け足した。

「いや、しかし、しかしですね」坂東が唾を飛ばしそうな勢いでいった。「新作は、文福出版でいただけるという約束だったじゃないですか」

「約束したのは、うちのほうが先のはずです」千葉も声を張り上げた。「うちは、短期集中連載なんです。雑誌ですから、穴は開けられないんですよ」

「とんでもない。先生、一緒に京都で飯を食った時に、おっしゃったじゃないですか。次は朝月出版の書き下ろしをすると。私は、忘れちゃいませんよ」顎川は首から上を真っ赤にした。

「いや、次は大八書房のはずです。うちのはずです。そのように以前お手紙を差し上げたところ、それでいいとお答えくださったはずです」堂島も、負けずに論争に加わった。

鵜戸川は、血相を変えた四人の様子を一通り眺めてから、頭を掻いた。

「すまんねえ、たぶん僕が悪いんだろうなあ。嘘をつく気はないんだが、すぐに安請け合いしてしまうから、こういうことになってしまうんだな。まあしかし、現実問題として、君たちの中から一社を選ばなければならないわけだ。だけど、君たちとのこれまでの付き合いを考えると、あまり薄情なこともできずに弱ってしまうんだよ」

「それでこういうやり方を？」千葉が紙の束を持って訊いた。

「ま、そういうことだ」

「そんな殺生な」坂東が泣きそうな顔でいった。「先生、どうか私との約束を守ってくださいよ。もう出版計画書に、先生のお名前が入ってるんです。どうかお願いします」テーブルに額をこすりつけんばかりに頭を下げた。

「よしなよ、バンさん。そんなことをいいだしたら、きりがないよ」顎川が坂東の肩を引いて、起き上がらせた。

「だけどさあ……」

「犯人を当てさえすればいいわけですか」堂島が鵜戸川に質問した。

「まぐれ当たりはだめだよ。きちんとした根拠を示してくれないと、正解とはみなせないな」

「正解かどうかは、先生が判断されるわけですね」千葉が訊く。

「当然だよ。僕以外にそれを判断できる人間はいないだろうからね。僕は仕事部屋にいるから、いつでも正解がわかった時点で、来て説明してくれればいい。ほかに質問は？」

「一つだけ」顎川が手を挙げた。「共犯だとか、自殺だとかっていうセンは、まさかありませんよね」

鵜戸川は渋い顔を作った。

「そういうことも、本当は君たちに推理してもらいたいんだが、時間が少ないからまあいいだろう。そう、君のいうとおり、共犯や自殺ではない」

「もう一つヒントをください」といって、坂東が人差し指を立てた。

「もうだめだよ」鵜戸川は分厚い紙の束を紙袋に戻し、立ち上がった。「ではとりあえず夕食まで、ゆっくり考えてくれたまえ。君たちの行動は縛らないから、どこへ行ってもいいし、誰と相談しても構わない。僕は部屋にいるから」

彼が出ていき、ドアが閉まると同時に、四人の編集者は手にした小説を読み始めた。

3

夕食は七時から始まった。鵜戸川が親しくしているという、近くのペンションの主人が、材料持参で料理を作りに来た。それで四人の編集者たちは、思いもかけず、フランス仕込みの御馳走にありつけることになったのだが、食事をしている間も四人の顔色はすぐれなかった。

「おいおい、食べている時ぐらいは、仕事のことを忘れたらどうだい？」こんな状況を作り出した張本人である鵜戸川が、鬱陶しい顔つきの編集者たちにいった。

「そういわれましてもねえ。誰かが自分よりも先に犯人を当てるんじゃないかと思うと、気が気じゃなくて」顎川が疲れきった顔で他の三人を見た。

「問題篇の小説は、当然もう読み終えたのだろうね」

「それはもう」

顎川がいったが、他の三人も一緒に頷いた。

「どうかね」

「びっくりしました」と坂東がいった。「まさか、あんなストーリーだとは思いませんでした。我々がモデルなんですか」

「それはまあご想像にお任せするとしよう。読んだのなら、あとはじっくり考えることだね」

「あの、いくつか質問したいことがあるんですが」千葉が遠慮がちにいった。

「質問は禁止だよ。ヒントはもうあげられないといっただろう」フォークを持った手を鵜戸川は小さく振った。「だけど、一つだけいい忘れたことがある」

四人は手を止めて身を少し乗り出した。そんな編集者たちを見返しながら鵜戸川はいった。

「動機については考えなくてもいい。というより、問題篇だけでは、そこまで推理することは不可能だ。犯人が誰かということと、その根拠を示してくれればいい」

「それができないから困ってるんですよね」堂島が頭を掻いた。

「ま、よく考えることだよ。夜は長いんだからね。ただし、答えがわかっても、午前零時を過ぎたら、部屋をノックするのは遠慮してくれたまえ。僕だって眠らなきゃいけないからね。その場合は文書にして、ドアの隙間に差し込んでおくこと。明日、読んでみて、一番優秀な答えを書いた者を正解者とする。さあ、犯人当ての話はここまでだ。せっかく出張シェフが腕をふるってくれたんだから、大いに料理を楽しもうじゃないか」

鵜戸川の言葉に四人は愛想笑いをし、食事を再開した。だがフォークを口に運ぶピッチは、全く上がらなかった。

食事は八時に終わった。鵜戸川は二階の自室にこもり、四人の編集者は広いリビングルームで夜を過ごすことになった。

「まさか、こんなことになるとは夢にも思わなかったな」ソファに腰を下ろし、大理石のテーブルに足を載せて顎川がいった。手に問題篇の小説を持っている。

「あの先生らしい思いつきですよね。遊ばれている気もしますけど、まあ平等であることはたしかですから、がんばって推理するしかないんじゃないですか」ダイニングテーブルの上で、小説を広げ、メモを取りながら千葉がいった。脱いだ上着を、椅子の背もたれにかけている。

「さすがに君は余裕があるなあ。シャツの袖を腕まくりなんかして、やる気まんまんという感じだ。大学のミステリ研の出身だっていってたよな。こういう小説に強いわけだ。俺なんか、全然だめだよ」

「俺も同じだ」坂東が、例の鵜戸川邸介五十冊記念ネクタイの結びを緩めながら、顎川の向かいのソファでいった。「こういう小説を読んで、正解に至ったためしがない。二時間ドラマの犯人なら、役者を見ればわかるんだけどな」

「ミステリ研の出身だからって、推理力なんかありませんよ。皆さんと同じです」千葉は苦笑した。

「だけど、慣れってものがあるだろう。それに君や堂島君は、若いから頭が柔軟だ。俺や顎さんは、ハンディをもらわなきゃ合わないよ」

「それいいな。賛成」

「お二人には経験という武器があるじゃないですか」千葉の向かいで小説を読み直していた堂島が、自分の名前が出たからか、会話に加わってきた。

「俺やバンさんの経験なんか、屁の役にも立たんさ。役に立つのは、銀座の領収書を経理のおばさんに処理してもらう時ぐらいだ」

「ああ、全く先生もおかしなことを考えついたもんだ」坂東が頭を掻きむしった。

「原稿をもらうのに、どうしてこんな目に遭わされなきゃいけないんだ。あれだけ約束したじゃないか」

「それは僕のところだって同じですよ」堂島が、右手で頬杖をつき、左手で小説のページをめくりながらいった。時折その手を止め、赤ボールペンを持って、何か書き込みをしている。

「なあ、一つ俺を助けてくれないか」坂東は立ち上がり、三人を見回した。

「どういう意味だ」顎川が訊いた。

「例の新作長編を、文福出版に譲ってくれないかと頼んでるんだよ。知っていると思うが、うちは今年で七十周年を迎える。それを記念したフェアに、どうしても鵜戸川さんの本が欲しいんだ。あんたたちさえオーケーしてくれれば、先生だって文句はいわんはずだ。お互い、こんな七面倒くさい手順を踏まなくても済む」

「そんな勝手な」千葉が呆れたように両手を広げた。

「もちろん見返りに、何か考えるよ」

「うちだって、今一番欲しいのは鵜戸川さんの原稿です」千葉は、両手をだらりと下げると、背もたれにかけた上着のボタンを左手でいじった。「今ここで原稿を譲っていただけるなら、多少の交換条件なら飲めると思います」

「無理だよ、バンさん」顎川がソファに横になったままいった。「あんたがそうなように、みんなだって原稿が欲しいんだ。だから、こうして頭を悩ませてるんじゃないか」

「顎さん、あんたには、いろいろと貸しがあると思うんだけどな」

「あるさ。だけど、俺だってあんたにはいろいろと融通をきかせてきたつもりだ。今ここでそういうことをいいだすのはフェアじゃないし、意味もない」

はっと息を吐き、坂東は再びソファに尻を落とした。ちょうどその時、壁の鳩時計が九時を告げた。

「うるせえ」坂東は吐き捨てるようにいった。

この後、四人はそれぞれの思いに沈み、息の詰まるような沈黙が広い室内を占拠した。

　四人が久しぶりに言葉を交わしたのは、鳩時計が十一時を告げた時だった。だが会話のきっかけは時計ではなく、堂島が席を立ち、部屋を出ようとしたことにある。この二時間あまり、誰も外に出ていなかったのだ。

「どこへ行くんだ」それまでソファでだらしなく寝そべっていた坂東が、ものすごい勢いで起きあがって詰問した。

「どこって、トイレですよ」堂島が苦笑して答えた。

「本当だろうな。まさか、犯人がわかったからって、先生の部屋に行くつもりじゃあないだろうな」

「違いますよ」笑い顔のまま、堂島は出ていった。

「本当にトイレなのかな」坂東は、まだ不安そうだ。

「もし先生の部屋に行くのだとしても、仕方がないんじゃないですか」千葉がさめた口調でいう。「それは彼に推理力があるということなんですから。もちろん、部屋に行くからって、正解に辿り着いているとはかぎらないわけですけど」

「それはまあそうだが」坂東はソファの上であぐらをかき、自分の肩を自分で揉みながら、もう一つのソファで横たわっている顎川を見下ろした。「どうだい。少しは推理は進んでいるのかい」

「進んでりゃ、今頃は先生の部屋に駆け込んでるよ」顎川は小説をテーブルの上にほうりなげた。「だめだ。ちっともわからん。どこに手がかりがあるのかもわからんし、どう推理すればいいのか見当もつかん」

「俺と同じだな。やっぱり中年男には無理なんだよ」坂東はダイニングテーブルの千葉のほうを向いた。「君はどうだ。何か摑んでるのかい」

「まあ少しは」と千葉は答えた。

坂東は舌打ちをした。

「うらやましいね。今わかっていることだけでも教えてくれたら、感謝感激なんだけどな」

「よしなよ」顎川がたしなめた。

「これはたぶん、そんなに難しくはないと思いますよ」千葉がいった。「だって、読者向けの犯人当て小説なんですから。一般読者が解けないような難しい謎じゃ、白けてしまいますよ」

「つまり俺や顎さんの推理力は、一般読者よりも劣るということか」

「まあ、別に意外でもないね」顎川は、淡々とした口調でいった。「心外でもない」

返す言葉が見当たらないのか、坂東は沈黙した。

間もなく堂島が戻ってきた。ハンカチをポケットにしまいながら、元の席についた。

「さてと、じゃあ先生の部屋に行ってくるか」

顎川が立ち上がったので、他の三人がぎょっとした顔で彼を見上げた。

「冗談だ。俺もトイレだよ」そういって彼は出ていった。

その直後、今度は桜木弘子が顔を出した。

「何かお飲み物をお作りしましょうか」一番年長だからか、彼女の視線は坂東に向けられていた。

「いや、私は結構です」そういってから彼は千葉と堂島のほうを見た。だが二人とも無言で首を振った。「いらないそうです」と彼は桜木弘子にいった。

「では、私はこれで休ませていただきます」一礼して彼女は出ていった。

すると坂東が、彼女の後を追うように飛び出していった。千葉と堂島は顔を見合わせた。

「何を思いついたんでしょうね」堂島がいった。

「まあ大体見当はつくけど、うまくいかないと思うよ」そういって千葉は、ふふんと鼻で笑った。

「桜木さん、桜木さん」坂東は桜木弘子を追いかけて、階段を下っていた。

彼女は地下室のドアの前で振り返った。

「何でしょう？」

「じつは折り入って、お願いがあるんです」そういってから坂東はドアを見た。「ここがあなたの部屋なんですか」

「こういう土地では、地下のほうがすごしやすいんですよ。ここは以前、先生が仕事場にしておられた部屋なんです」

「なるほど」坂東は頷いた。「中に入れていただくというわけには……いきませんよね」

「それはちょっと」桜木弘子は首を傾げて微笑んだ。

「それならここで結構です。お願いというのは、ほかでもありません。あの小説の犯人を教えていただきたいんです」

「えっ」桜木弘子は大きな目をさらに見開いた。

「もちろん、ただで、とはいいません。それ相応のお礼はさせていただきます。ですから、どうか、私を助けると思って」

「ちょっ、ちょっ、ちょっと待ってください」米つきバッタのように頭を下げる坂東を見下ろして桜木弘子はいった。「何か誤解しておられるんじゃないですか。私はそんなこと知りません」

「いや、秘書のあなたが御存じでないはずがない。どうか、私を助けてください。このとおりです」頭を下げ続けた。

「本当に知らないんです。先生は、そういうことは絶対に私にもお話しになりませんから。それに、もし知っていたとしても話せません。だってフェアじゃないでしょう？」

「この際、そんなきれい事はいっておられません。どうか、どうかひとつ」

「だから、知らないといってるでしょう」桜木弘子は、甲高い声を出した。

「どうしました？」上から声がした。続いて顎川が階段を下りてきた。「おや、バンさん何をしているんだ」だがこう訊いた直後に、彼は坂東の目的を知ったようだった。

「ははあ、桜木さんに助けてもらおうという魂胆か」

「いや、そういうわけじゃ……」

「だめだぜ、インチキは」

この時、桜木弘子の部屋の中から、断続的なベルの音が聞こえた。

「あっ、先生から内線電話だわ」桜木弘子がいった。「あの、もういいですか」

「どうも桜木さん、御迷惑をおかけしました」そういうと顎川は坂東の腕を摑んだ。

「さあ、階段を上がるんだ」

「頼むよ、顎さん。俺に花を持たせてくれ」

「そう思うなら、自分で何とかするんだな」

二人が階段を上がったちょうどその時、リビングルームのドアが開いて千葉が出てきた。

「おっ、千葉君。解けたのか」顎川がすかさず訊いた。

「いえ、まだです。ちょっと寝室のほうで考えてこようと思って」

この家の二階には二つの客間がある。四人の編集者は、それを寝室として与えられていた。

「顎川さんたちは、どちらへ？」

「いや、なに、二人でちょっと頭を冷やしてくるんだ」そういうと、顎川は坂東を連れて、玄関に向かった。途中、腕時計に目を落とし、「もう十一時半か」と呟いた。

午前零時ちょうどに、千葉はリビングルームに戻った。顎川と坂東も入ってきた。時計の鳩が、十二回鳴いている途中のことだ。

「タイムリミットだな」顎川が時計を見ていった。「これでとりあえず明日の朝までは、先生の新作長編を他人に取られる心配がないわけだ」

「でも、寝るわけにはいきませんよね」堂島がいう。「今夜中に、なんとか正解を書いた紙をドアの隙間に差し込んでおかないと」

「そのことだが、仮に正解がわかったとしても、一人では先生の部屋には行かない、というふうに決めておかないか」顎川が提案した。

「なぜですか」と千葉が訊く。

「先生の部屋には鍵がかからないからだよ。解答を書いた紙を持っていくような顔をして、じつは書斎に忍び込んで犯人当て小説の解決篇を盗み見しようとする、なんてことも考えられなくもないだろう」

「まさか」と堂島。

「いや、俺もそんなことはないと思うがね、出来心というものは誰にでもあるから」

そういって顎川は、隣の坂東をちらりと見た。

「わかりました。じゃあ、解答を提出するまでは、一人で行動しないということですね」千葉が確認する。

「そういうことだ。いろいろと不便なこともあるだろうけれど、こういうことは徹底してやったほうがいい」

顎川の意見に、全員が同意した。

4

鳩時計が午前八時を告げた。

ソファで横になっていた顎川は、上半身を起こして顔をこすった。

「やれやれ、とうとう一睡もできなかったな」

「よく眠っておられたじゃないですか」ダイニングテーブルに突っ伏したままの堂島が、げんなりしたような声を出した。「いびきまでかいておられましたよ」

「えっ、そうかな」顎川はきょろきょろ周りを見回した。「あとの二人は？」

「千葉さんは顔を洗いに行かれたみたいですよ。坂東さんはトイレでしょう」

「ふうん」顎川は両手を上げて身体を伸ばしてから、ふと思い出した顔をした。「まさか、誰かが謎を解いたんじゃないだろうな」

「さあ。坂東さんは、もう一つのソファの上でうとうとしておられたみたいだし、千葉さんもここで、一晩中ずっと難しい顔つきで考え込んでおられましたから、たぶんまだ解けてないんじゃないですか」

「そうか。それならまだ俺にもチャンスはあるわけだ」顎川は腕組みをして頷いた。

「夜中のうちに、先生の部屋に忍び込んだ者もいないだろうな」

「大丈夫です。お互いに見張ってましたから。あとの二人の方にも尋ねてみてください」堂島が面倒くさそうにいった。

その二人が揃って戻ってきた。

「顎川さん、お目覚めですか」千葉がからかうようにいったが、その顔も疲労の色が濃かった。

「みんなで話してたんだぜ。顎さんは、もう試合放棄らしいってね」坂東がいった。

「冗談じゃない。勝負はこれからさ」

顎川がこういった直後だった。女の悲鳴が二階から聞こえた。

「なんだ?」坂東が天井を見上げた。

「桜木さんの声ですよ」堂島が立ち上がり、ドアに向かって駆け出した。ほかの者も彼に続いた。

階段を上がり、廊下の突き当たりが鵜戸川の書斎になっていた。そのドアのところで桜木弘子が立ち尽くしていた。

「どうしたんですか」堂島が訊いた。

「あっ……あの、鵜戸川が……彼が……」桜木弘子は室内を指したまま、金魚のように唇をぱくぱくと動かした。

堂島はドアを開け、中に入った。ほかの三人の編集者も後に続いた。だが室内の光景を目にした瞬間、誰もが足を止めた。足だけでなく、身体のすべての動きを停止させた。声を出す者もいなかった。

鵜戸川邸介が床に倒れていた。すぐそばの書斎机の上のラップトップのパソコンは、スイッチが入れられたままになっている。そして室内にはA4判の白い紙がばらまかれていた。そのうちの一枚が、鵜戸川の作務衣の背中に載っていた。

「みんな、動かないで」顎川がそういって、鵜戸川の身体に近づいた。

彼は床に片膝をついて座ると、まず鵜戸川の右手首を摑んだ。すぐに彼は桜木弘子を含む四人を見上げ、首を振った。

「亡くなってるんですか」千葉が訊いた。声が裏返っていた。

「そうだね。しかも……」そういったきり顎川は口を閉ざした。

「しかも……何だ?」坂東が先を促した。

顎川は唾を飲み込んだ。それから全員の顔をゆっくりと見回した。

「しかも、自然死じゃない」

「何だって」

坂東は死体に近づく素振りを見せた。が、足がすくんだのか、二、三歩前に出たところで立ち止まってしまった。

代わりに千葉と堂島の二人が死体に近寄った。桜木弘子は立ち尽くしたままだ。

「これを見てくれ」といって、顎川は死体の首筋を指差した。

鵜戸川邸介の太い首には、明らかに紐状のもので絞められた痕が残っていた。さらにその痕には、ある文字が浮かんでいた。それは凶器となった紐に刺繍されていた文字のようだった。

その文字は転写されていたので左右が逆になっていたが、元に戻せばアルファベットのTUと読めた。

堂島が、自分のネクタイを手に取り、小さな叫び声をあげた。


（問題篇　了）

※

金潮社文芸出版部の片桐が、島袋銀一郎の書斎のドアをノックしたのは、午前零時より少し前だった。夕食の後、風呂も入らずに犯人当て小説と格闘していたため、髪は乱れ、顔には脂が浮いていた。昨日出来上がってきたばかりの、島袋銀一郎百冊記念ネクタイも、結び目がずいぶん緩められている。

「どうぞ」という声が書斎の中から聞こえた。失礼します、といって片桐はドアを押し開いた。

島袋は奥の書斎机に向かって、つまり入り口に背を向けて座っていた。ラップトップ式のワープロのキーボードに、かたかたかたと何か打ち込んでから、椅子をくるりと回転させた。

「犯人が、わかったかね？」島袋は興味深そうな顔で尋ねてきた。

「おそらく」と片桐はいった。「おそらく間違ってないと思います」

新作の長編小説は僕のものです、といいたいのを彼はこらえた。

「うむ、じゃあ拝聴するとしよう。ついでに、作品の感想も述べてもらえるとありがたいが」島袋は座ったまま、腕組みをして片桐を見上げた。

余分な椅子はなさそうなので、片桐は立って説明することになった。

「まず、面白かったです」と彼はいった。

「犯人当て小説を四人の編集者に配り、正確な推理をした者に新作を渡すという点が、特に興味深かったですね」

「そうだろうな」わはははは、と愉快そうに島袋は笑った。「何しろ、現実の世界とそっくり同じなんだからな。一応登場人物名は、架空のものにしてあるが」

「まさか、僕がモデルになっている編集者も、この中にいるとかおっしゃるんじゃないでしょうね」

「それはまあ、いわないでおくことにしよう」島袋は、にやにやしながら机の上の煙草を取り、口にくわえてライターで火をつけた。

「あとそれから、特定の人物の視点を使っていないところが面白いと思いました。だから、登場人物たちの内面が一切描かれていない。あくまでも、外から見える表情や動作だけに留められています。つまり登場人物全員が、完全に平等に書かれているのです。殺された鵜戸川邸介を除く五人全員が容疑者というわけです」

「犯人当て小説に徹したわけだよ」島袋は満足そうに煙を吐いた。

「その狙いはよくわかりました」

「うん。では、そろそろ君の推理を聞かせてもらおうか」

「承知しました。ただし、その前にまず大きなポイントを指摘しておきましょう」片桐は指を立てた。「それは、この小説には叙述トリックが仕掛けられている、ということです。それがわからなければ、犯人を絞ることは難しいでしょう」


(問題篇　了)

「叙述トリック？」島袋は下唇を突き出し、首を傾げた。「というと、つまり作者から読者に対してトリックが仕掛けられているということか」

「そういうことです」

「ほほう」島袋は机の上に置いてあった、問題篇のコピーをぱらぱらとめくった。「なるほど、なるほど。それは面白い。話を続けてくれ」

まるで叙述トリックのことなど考えたこともないといわんばかりの作家の口調に、片桐は少し不安を覚えた。しかし自分の推理が間違っているわけがないと思い、片桐は深呼吸を一つしてから話を再開した。

「その前に、もう少し簡単な推理を先に進めたいと思います。まず、凶器が明らかにネクタイだったという点に注目してみましょう。ここで使われたネクタイは、鵜戸川邸介の五十冊記念パーティで配られる予定のもので、この日坂東が見本として持ってきたわけです。したがって坂東以外の人間が事前に用意しておくことは、不可能だと考えて差し支えないでしょう。となると、秘書の桜木弘子をまず容疑者から外せます」

「ネクタイについては書き手側の工夫を評価してほしいね。見本でなく、五十冊記念パーティで配られたものという設定だったら、前もって調達しておくことも可能だからな」

「それはわかっています」いいながら片桐は自分のネクタイを触っていた。これもまた、今度開かれる島袋銀一郎百冊記念パーティで配られる予定の品の、見本だった。

つまり現時点でこのネクタイを持っているのは、片桐のほかには、この屋敷に来ている男性編集者だけだ。

「で、結局、四人の編集者のうちの誰かが犯人だということだな」島袋が先を促した。

「そうなります。さてそうなると、犯行時刻を絞ることが可能になります。まず夕食から夜の十一時まで、どの編集者も単独では行動していません。深夜の零時から死体が発見される時までについても同様です。犯行は十一時から十二時と考えていいでしょう。ではこの間、誰が単独で行動しているか。顎川、千葉、堂島の三人は、何らかの形で一人になっています。しかし坂東だけは、いつも誰かと一緒です。ここで坂東を外すことができるわけです」

「そこまでは」島袋は空咳（からせき）を一つした。「誰でもわかる」

「おっしゃるとおりです。問題はここからです。まず目をつけるべきところは、坂東が桜木弘子を彼女の部屋の前まで追いかけ、犯人を教えてほしいと頼んだ時のことです。途中で顎川が現れるわけですが、この直後、桜木弘子の部屋に鵜戸川邸介から内線電話がかかります。つまりこの時点で鵜戸川は生きているわけです。そしてこの後顎川と坂東は、ずっと一緒にいます。坂東は犯人でなく、共犯ということはないのですから、顎川も容疑の対象から外せるということになります」

「なるほど」

島袋は煙草の箱から一本を抜き取り、口にくわえると火をつけた。だが灰皿に、ついさっき火をつけたばかりの煙草が残っていることに気づくと、あわててそちらの煙草をもみ消した。

「続けてくれ」と島袋はいった。「容疑者はこれで二人に絞れたわけだな。千葉と堂島の二人だ」

「桜木弘子と別れた顎川と坂東が庭に出る直前、これから寝室に行くという千葉と会っています。要するにこの後から、千葉とリビングに残っている堂島は、一人になったわけです。どちらかが犯人ということになります」

「で、どっちなんだ」

「堂島です」

「なぜだ」

「千葉はネクタイを持っていないからです」

「持っていない？」

「千葉は女性なのです」

「おっ……」

島袋は口を半開きにした顔のまま、ストップモーションのように動かなくなった。そのやや白痴的ともいえる表情を見ながら片桐は話を続けた。

「これが先程いいました叙述トリックです。最初から読んでみますと、千葉が男だということを示す記述は全くありません。自分のことを、『僕』とか『俺』とかいう台詞も出てきません。車の中で坂東がネクタイを配るシーンがありますが、千葉だけはそれを締める記述がないのです」

島袋は自分が書いたはずの小説を、何度も読み直した。そして、ううむと唸った。

「しかしだ、千葉が女性だという記述もないじゃないか。男だという記述がないからといって、女に違いないと主張するだけでは、正確な推理とはいえんぞ」

「そのとおりです。もちろん僕は、千葉が女性であることを示す記述を見つけました」

「どこだ」

「夕食後に、四人が話し合っているところです。千葉は背もたれに上着をかけていました。その上着のボタンを、だらりと下げた左手でいじるシーンが出てきます。そんなことは、上着のボタンが左側に付いていなければできません。つまりこの上着は女物ということになります」

「そうか……」島袋はその部分を拾い読みして頷(うなず)いた。「そういうことか」

「以上の推理から、犯人は堂島と推理しました。いかがでしょう。僕は正解だと思うのですが」

片桐の台詞が耳に届いていないのか、島袋はただ首を縦に振り続けていた。それからゆっくりと視線を上げ、ようやく若い編集者の顔を見た。

「いやあ、よくわかった。そういうことだったのか。うむ、それが正解だろう。それでいいと思うよ。いやあ、助かった。これで助かった」そういうと、椅子を回転させ、机のほうに身体を向けた。

片桐は狐につままれた気分で、作家の丸い背中を眺めた。

「あのう、どういうことなんですか。わかったって、どういうことですか。助かったって、何のことですか」

すると島袋は再び身体の向きをくるりと変えた。ばつの悪そうな顔で、愛想笑いしている。

「いやあ、白状するとな、俺も犯人がわからなかったんだ」

「えっ」片桐は目を剝(む)いた。「わからなかったって、それは一体……」

「あの小説は、去年の夏に死んだ女房が書いたものなんだよ。君だって、女房が俺のゴーストライターだったんじゃないかという噂は聞いたことがあるだろう。殆(ほとん)どの者は信用していないようだが、じつをいうと、あの噂は本当なんだ」

「えーっ」

「しーしーしー」島袋は唇に人差し指をあてた。「そんなに大きな声を出すな。もちろん俺の出した本のすべてが、女房の著作だったわけじゃない。何作かに一作は、俺の書いたものもある」そして彼は自分の手による作品名を挙げた。片桐の知るかぎり、それらは島袋作品の中でも失敗作と評価されているものばかりだった。

「それで奥さんの死後、執筆ペースが落ちたわけですか」

「まあそういうことだ。次から次に小説を書くというのは、たいへんなことだねえ」

他人事のような顔で島袋はいった。

「それで、今回の犯人当て小説というのは……」

「女房の絶筆だよ。あそこまで書いて、解決部分を俺にも教えずに死んじまった。だから今までは発表せずにいたんだが、今回どうしてもいい小説のアイデアが浮かばなかったもんだから、犯人当て小説という形で発表してしまったというわけだ。月刊誌だから、一ヵ月の間に解決篇を考えればいいいと思ってな」

「ところが、考えつかなかったんですね」

「御名答」島袋は手を叩いた。「どう頭を捻っても、わからなかった。それでじつは編集部に頼んで、読者が応募してきた解答を読ませてもらおうとも考えたんだ。いい解答があったら、それを参考にして解決篇を書こうと思ってな」

「ははあ……」

片桐は呆れて言葉が出なかった。読者の解答をあてにして、自分でも犯人がわからぬまま犯人当て小説を発表する作家など、世界中のどこにもいないに違いなかった。

「ところがこの作戦もうまくいかなかった」島袋は渋い顔でいった。

「なぜです」

「まともな解答が送られてこないんだ。というより、応募そのものが殆どないらしい。いやはや、小説雑誌が売れないと聞いてはいたが、これほどとは思わなかった」

あんたみたいな作家がいるからだ、といいたいのを片桐は我慢した。

「もしかすると、それで我々を？」

「ま、そういうことだ」島袋は明るくいった。「君たちなら、何とかしてくれるだろうと思ったんだ。やっぱり期待通りだったよ。これで助かった。恥をかかなくてすんだ」

「それは……よかったですね」

「よかった、よかった。じゃ、そういうことだから、俺はこれから解決篇を書かせてもらうよ」島袋は椅子を回転させた。そしてワープロのキーボードに向かった。

作家の後ろ姿を、しばらくぼんやりと眺めた後、片桐は口を開いた。

「あのう……」

「なんだ」まだいたのかといわんばかりのぞんざいな口調で、島袋は返事した。片桐に背中を向けたままだ。

「それで、先程のお原稿は?」

「さっきの原稿?」

「犯人を見事に当てたら、長編の新作をくださるとおっしゃったじゃないですか。あの時に見せてくださった原稿です」

「ああ、あれか。あれならそこの紙袋の中にあるだろ」後ろを向いたまま、島袋は部屋の隅を指差した。

たしかにそこには紙袋が置いてあった。中にA4の紙束が入っている。

「これをいただいていいんですね」と片桐は訊いた。

「ああ、それでよければ持っていけ」

「拝見します」

片桐は興奮しながらその紙の束を取り出した。だが間もなくその顔から血の気が引いていった。

「せ、先生……どういうことでしょうか。これには何もプリントされていませんが。全部白紙ですが」

「白紙だよ。それがどうかしたかね」

「それが原稿だとは一言もいっておらんよ。犯人を的中させた者に長編新作を進呈するとはいったが、完成しているとはいっていない」

「どうかって……」

「そんな……じゃあ、最初から騙す気で……」

「人聞きの悪いことをいうな」島袋は首を捻り、少しだけ顔を片桐のほうに向けた。「心配しなくても、今度の長編はおまえのところで書いてやる。それでいいだろ」

「でも、それは、奥さんの作品ではないわけですね」

「それはそうだ、あいつはもう死んじまったんだからな」

「じゃあ、書くといっても、いつのことになるかわからないじゃないですか」

「うるさいな」島袋は吐き捨てるようにいった。「おまえたちは、おとなしく待ってりゃいいんだ。ベストセラー作家は神様だってことを忘れるな。わかったら、さっさと出ていけ」

作家に怒鳴られ、片桐は条件反射のようにドアに向かいかけた。だがドアのノブを摑む前に、ネクタイの柄が彼の目に入った。島袋銀一郎百冊記念のネクタイだ。

何かが彼の頭の中で弾けた。彼は身体の向きを変えると、ゆっくりとネクタイをほどきながら、作家の背中に近づいていった。


（解決篇　了）

超高齢化社会殺人事件

1

待ち合わせ場所である『喫茶室・渋沢』に、藪島清彦の姿はまだなかった。小谷健夫はほっとして、出入口を見られる位置に腰を下ろした。ウェイトレスが注文を取りに来たので、コーヒーを頼んだ。

ずらりと並んだ四人掛けのテーブル席を見回し、この店に来るようになって何年になるかなと小谷は考えた。藪島の担当になってからだから約二十年というところか。最初は、それまで藪島の担当をしていた先輩編集者に連れられてやってきたのだ。当時すでにファクスが広く普及していたし、作家の中には電子メールで原稿を送ってくる者も少なくなかったので、編集者が作家と喫茶店で会うということも減りつつあったが、藪島は原稿を手渡しすることを好んだ。この店は、その受け渡しのためにも使われていた。

そして今日も小谷は彼から原稿を受け取ることになっている。月刊小説誌『小説金潮』に連載中のミステリ小説だ。

　小谷の隣のテーブルでは、若い男が手帳サイズのパソコンを操作していた。小さなアンテナが立っているところを見ると、どこかのネットにアクセスしているらしい。携帯電話と携帯用パソコンが一体化され、さらに掌(てのひら)に収まるサイズにまで小型化された製品が売り出されたのは何年前だったか。小谷の会社でも何人か持っている。そしてそれがあれば、作家との原稿の受け渡しや印刷所とのやりとりなど、どこにいてもできるのだ。ある若い編集者などは、ひどい下痢に見舞われた日、殆(ほとん)どの業務を自宅のトイレで済ませてしまったという。小谷が若い頃には考えられなかったことだ。

　まあしかし、それですべてが片づくというものでもない、と小谷は密(ひそ)かに余裕の笑みを浮かべた。二十一世紀に突入して久しいが、誰もが機械文明に流されているわけではない。現に自分のように、作家の原稿を受け取るために喫茶店に来ている編集者もいる。藪島清彦は、二十年前と変わらず、ファクスも電子メールも使わないのだ。さらにいうならば、彼はまだ原稿を手書きしていた。

　ウェイトレスがコーヒーを運んできた。小谷はその匂いを嗅(か)いでからブラックで一口飲んだ。この店のコーヒーの味は、二十年前から全く変わっていなかった。これを飲むことによって彼は、自分に気合いを入れることができる。コーヒーの飲み過ぎは身体に毒だと先日も週刊誌に書いてあったが、それがどうしたと彼は思っていた。編集者にコーヒーはつきものなのだ。本当は煙草もそうなのだが、公共の場での喫煙は、もう何年も前に禁止されていた。だからコーヒーは最後の砦なのだ。

小谷は自分の鞄を開け、中から大きな封筒を取り出した。封筒の中には、原稿用紙を綴じたものが何冊か入っている。それをまとめて引き出した。

藪島清彦が現在連載している小説の生原稿だった。すでに九回連載してきたから、原稿も九冊分ある。

小谷は第一回連載分を開いた。そしてコーヒーをさらに一口飲んでから読み始めた。

2

『雪の山荘資産家令嬢密室殺人事件　第一回』

列車から一人で降りてきた高屋敷秀麿は、コートの襟を立て、冷たい風を防ぎながら寂しいホームを歩いた。改札口では、白髪の駅員が彼の切符を受け取るために待ち受けていた。高屋敷は彼に乗車券と特急券を両方渡した。駅員の足元には電気ストーブが置かれていた。

木造の駅舎は小さく、待合室も狭かった。石油ストーブを囲むように、ベンチがコの字形に並べてあるだけだ。母子と思われる二人連れが座っていた。母親のほうは三十代だろうか。とっくりのセーターの上に赤いアノラックを着ている。子供は小学校に上がりたてといった感じの男の子だ。漫画雑誌を読みながら、黒いゴム長靴を履いた足をぶらぶらと揺らしていた。

高屋敷が腰を下ろそうとすると、男が一人入ってきた。毛皮のベストを羽織り、耳当てをつけた、身体の大きな男だった。年齢は五十歳ぐらいか。

「探偵の高屋敷先生ですか」男は訊いた。

「そうですが」と高屋敷は答えた。

「遅れてすみません。私、桜木の別荘を管理している者で、中村鉄三といいます。お迎えにあがりました」

「ああ、どうも」高屋敷は帽子を取り、頭を下げた。「わざわざすみません」

鉄三は四輪駆動のワゴン車で来ていた。たしかにそういった車でなければ不安なほど、道路には分厚く雪が積もっていた。

「皆さんもうお揃いですか」車に乗ってから高屋敷は訊いた。

「はい。梅田さん御夫妻は朝からお見えですし、松島さんや竹中さんたちも先程到着されました」

「そうですか、皆さんのお身体の具合はどのようですか」

「それが梅田さんの奥様が持病のリューマチが痛むとか。それで到着されるとすぐに、温泉のほうに行かれました。ほかの方々は、相変わらず矍鑠としておられます」

「それはよかった。じゃあ、今年もいいお正月を迎えられそうだ」

「ええ、皆さんそうおっしゃっています」

うちの別荘で一緒に新年を迎えないかと桜木要太郎から高屋敷に誘いがあったのは、つい一週間ほど前のことだった。桜木は高屋敷の大学時代からの友人で、今でも賀状のやりとりなどは欠かさない。

最後に会ったのは数年前で、等々力にある彼の自宅へ高屋敷が遊びに行ったのだ。その時、梅田夫妻や松島次郎、竹中加世子らとも親しくなったのだった。全員、桜木とは四十年来の付き合いがあるらしい。

「美禰子さんはお元気ですか」高屋敷は訊いた。

「はい、元気になさっておられます」

「また一段と綺麗になられたでしょうね」

「ええ、それはもう」鉄三は自分のことを誉められたように目を細めた。

美禰子は桜木の一人娘だ。ただし実の子ではなく、三人目の奥さんの連れ子だった。しかしそれまで子供のいなかった桜木は、新しい妻と共に彼女のことも溺愛していた。高屋敷が数年前に会った時には女子大生だったから、今はもう二十代半ばのはずだ。

四輪駆動のワゴン車は、雪道をどんどん進んでいった。鉄三の運転は慎重で、助手席にいる高屋敷は全く不安を感じることがなかった。

それまで上り坂ばかりだったが、急に下りになった。車のスピードがぐっと上がった。タイヤが少し滑ってもいるようだ。ちょっと危ないなと思い、高屋敷は隣を見た。すると鉄三が青い顔をしていた。

「どうしました」

「ブレーキが……ブレーキがきかないんです」

「何ですって！」

3

小谷はぬるくなったコーヒーを飲み干し、入り口のドアをちらりと見た。藪島はまだ現れない。約束の時刻を十分ほど過ぎているが、こんなことはいつものことだった。あと十分は現れないだろうと小谷は踏んだ。それでウェイトレスを呼び、コーヒーのおかわりを注文した。そして改めて、今まで読んだ分を見直した。

ここまではまあまあなんだよな、と思った。シリーズキャラクターである高屋敷秀麿の登場の仕方も自然だし、これからどういう世界に入っていくのかも何となくわかる。小説が始まってすぐ、ブレーキの故障という事件の前兆らしきものが起きるのもいい。

難をいえば、いつものことだが現代感覚が恐ろしく欠如していることだ。一応この小説は現代を舞台にしているはずなのだが、それにしてはおかしな点が多すぎる。まず、いきなり木造の駅舎だ。そんなもの、今ではどんな田舎へ行ったってお目にかかれない。改札なんて、全国津々浦々まで自動改札化が進んでいる。待合室にいる親子にしても、とても最近の親子ではない。こういう場合に子供が持っているのは、超小型のコンピュータゲーム機と相場が決まっている。母親のファッションも変だ。アノラックなんてものを、一体どれだけの人が知っているだろうか。

だがまあ、それはいい。とにかく重要なのは、小説として形をなしているかどうかだった。そしてその点についていえば、この第一回目はクリアしているといえるだろう。

ブレーキがきかなくなるという危機を、高屋敷は咄嗟の機転で切り抜ける。調べてみると、誰かが車に細工した形跡があった。だが高屋敷は鉄三に、このことは誰にもいわぬよう口止めする。

桜木要太郎の別荘に行くと、桜木要太郎と滞在客たちがリビングルームで談笑していた。梅田夫妻、松島次郎、竹中加世子らのことが、順次読者に対して説明される。

そしてそこへ美禰子が現れる。

天女が舞い降りてくるが如く、白いドレスを纏った美禰子が、ゆっくりと階段を下ってきた。その美しさはまさに息を飲むほどであった。

きついなあ、と小谷はつい苦笑してしまう。この古めかしさは、もうちょっとどうにかならないかと思う。しかし今から思うとこれでも、藪島にしてはがんばって書いてくれたほうなのだ。

美禰子の後から、もう一人現れる。杉山卓也という青年だった。彼が美禰子の婚約者だということが桜木の口から明かされた時点で、連載第一回は終わりだ。

この時はまだ、あの人の頭もまともだったんだよなと小谷は回想した。あの人とは無論藪島清彦のことである。それが連載が二回、三回と続くにつれて、様子がおかしくなってくるのだ。

小谷は第三回の分を取り出し、後ろのほうを開いた。いよいよ桜木美禰子が死体となって見つかるシーンだ。

食卓に朝食が並べられる頃になっても、美禰子はまだ現れなかった。新聞を読んでいた要太郎は、顔を上げ、壁の時計を一瞥してから眉を寄せた。

「美禰子は一体何をしているのかな。皆さんがお揃いだというのに、何をぐずぐずしているんだ。まさかまだ眠っているんじゃないだろうな」

「まあいいじゃありませんか。昨夜は私たちの相手をしなければならなかったので、お疲れになったのでしょう」梅田房江が微笑みながらいった。

「そうだよ。特に昨夜は、婚約者を我々に紹介するという大仕事があったからね。かなり緊張したに違いない。我々のことなら構わないから、ゆっくり眠らせてあげたらどうだ」梅田健介の台詞に、松島次郎や竹中加世子も頷いた。

「いやいや、お言葉はありがたいが、これから桜木家を背負っていこうという人間が、そんなことでは困る。卓也君、君も今朝はまだ美禰子とは顔を合わせてないのかね」

はい、と杉山卓也は答えた。

「じゃあ、本当にまだ眠っているのかもしれんな。淑子さん、すまないが美禰子を起こしてきてくれないか」要太郎はお手伝いの淑子にいった。淑子は、はい、と返事して階段を上がっていった。

「今日もいいお天気のようですわね」バルコニーに面した掃き出し窓から外を見て、竹中加世子がいった。

「でも天気予報によると、今夜あたりから吹雪くとか」松島次郎がいった。

「あら、そうなんですの」

「ぼくも昨夜のニュースで、そう聞きました」杉山卓也が遠慮がちに口を挟んだ。

「お正月三が日は、ずっと天気がよくないそうです」

「残念ですわね、じゃあ初日の出も諦めたほうがいいかしら」梅田房江が首を傾げる。

「いいじゃないか。雪見酒と洒落込もう」梅田健介がにやにやした。

「あなたったら、お酒を飲むことばかり」

その時本を読んでいた要太郎は、腕時計を見て首を傾げた。

「美禰子は一体何をしているのかな。まさかまだ眠っているんじゃないだろうな」

「まあいいじゃないか。昨夜は我々の相手をしなければならなかったので、くたびれてしまったんだろう」梅田健介がいった。

「そうですよ。特に昨夜は、卓也さんを私たちに紹介しなければなりませんでしたからね。かなり緊張されたでしょう。私たちのことなら構いませんから、どうぞゆっくり寝させてあげてください。ねえ皆さん」梅田房江の台詞に、松島次郎や竹中加世子も頷いた。

「いやいや、お言葉はありがたいが、これから桜木家を背負っていこうという人間が、そんなことでは困る。淑子さん、すまないが美禰子を起こしてきてくれないか」要太郎はお手伝いの淑子にいった。淑子は、はい、と返事して階段を上がっていった。

初めてこの部分を読んだ時、一瞬小谷は何がどうなっているのか、よくわからなかった。読み直してみて、同じことがダブって書かれているのだと気づいた。だがこの時点では、まだそれほど事態を深刻視していなかった。何らかの事情で執筆が中断し、今度再開した時に、うっかりすでに書いたことをもう一度繰り返してしまったのだろうと解釈していた。

ところがさらに読み進むと、また違った意味で不可解な部分に出くわした。

突然二階から悲鳴が聞こえた。桜木は雑誌から顔を上げた。「何だろう、今の声は」

「淑子さんの声だ」松島がそういって立ち上がった。

松島が階段を駆け上がったので、高屋敷も彼に続いた。要太郎たちも後から来る。

まず松島が美禰子の部屋に飛び込んでいった。

「あっ、大変だ」松島が叫んだ。

続いて高屋敷も部屋に入った。そしてそこにある光景を見て、彼は息を飲んだ。

ベッドの上で美禰子が倒れていた。しかも背中には深々とナイフが突き刺さっていた。「何ということだ。どうしてこんなことに……」後から入ってきた要太郎が呻いた。

「わかりません。私が来た時には、もうこういう状態だったんです」部屋の外で震えながら淑子がいった。

高屋敷は窓に近づいた。そして入念に観察してから、皆のほうを振り返った。

「窓には鍵がかかっています。細工した形跡はありません」

皆が、ほう、と考え込む顔になった。

高屋敷は淑子に訊いた。「あなたがここへ来た時、ドアは閉まっていましたか」

「閉まっていました」淑子は頷いていった。「間違いありません」

「ううむ」高屋敷が唸った。「となると、これは厄介ですぞ」

「どういうことかね」松島が訊いた。

高屋敷はいった。「見たところ、美禰子さんは誰かに殺されています。しかし窓には鍵がかかっており、ドアも閉まっていました。では犯人は、一体どうやってこの部屋から出ていったのでしょう。つまりこれは恐るべき密室殺人事件なのです」

この原稿を貰った後、何度もこの部分を読み直したことを小谷は覚えていた。なぜこれが密室なのか、さっぱりわからなかったからだ。具体的にいうと、「ドアが閉まっていた」の意味が不明だった。

仕方なく小谷は電話で藪島に問い合わせてみることにした。

「ええと、これはドアに鍵がかかっていたということでしょうか」

「もちろんそうだよ」というのが藪島の答えだった。「内側から鍵がかかっていたんだ」

「しかしですね、前回の話の中に、ドアの鍵は掛け金式だという記述がありますが」

「掛け金式だよ。金具を引っかけるやつだ」

「でもそれですと、ドアの外からは外せませんよね」

「当たり前だろう。そうでなきゃ鍵の意味がない。何がいいたいのかね、君は」

「いや、その、それならばお手伝いさんはどうやって入ったのかと思いまして」

「えっ、何だって？」

「お手伝いさんです。部屋に入ったわけでしょう」

「入っとらんよ。よく読みたまえ。『部屋の外で震えながら』と書いてあるだろう」

「ええ、それはわかります。では、誰がドアを開けたんですか」

「松島だよ。どこを読んでいるんだ」藪島は苛立った口調でいった。

「では、松島はどうやって開けたんですか。だって内側から鍵がかけられていたんでしょう？」

「えっ……」藪島は絶句した。

この沈黙は小谷を深い不安に陥れた。まさかこの人、この程度の矛盾に今初めて気づいたんじゃないだろうな——。

「それとも」小谷はいった。「松島は力任せにドアを破ったということでしょうか」

　これは半ば藪島を助けるつもりでいったことだった。ところが藪島は彼の意図がすぐには理解できない様子で、「えっ、どういうことだ」と逆に聞き返してきた。

「ですから、このドアには内側から鍵がかかっていたわけですから、もし開けたのだとしたら、ドアを壊したとしか考えられないのですが」

　しばらく黙った後、「ああっ」と藪島は大きな声を出した。

「そうだよ。うん、そうだった。ドアを壊して入ったんだ。うっかりしていたよ。このところ忙しくてね」

「ではこの、『まず松島が美禰子の部屋に飛び込んでいった』というところですが、『美禰子の部屋には鍵がかかっているようなので、松島がドアを蹴破って中に入った』とでもしておきましょうか」

「うん、それでいい」と藪島はいった。「僕もそうするつもりだったんだ」

「ただそうすると、お手伝いさんの悲鳴が問題になってきますが」

「悲鳴？」

「はい。高屋敷たちは悲鳴を聞いて、二階に駆け上がるんですよね。なぜお手伝いさんが悲鳴をあげたんでしょうか」

「死体を見たからだ。決まってるだろう」

小谷は次第に頭が痛くなってきたが、辛抱強く質問を続けた。

「でもこの時ドアはまだ閉まっていたわけですよね。それなのにどうやって死体を見たんですか」

電話の向こうで藪島が、あっと小さく声をもらしたのが小谷の耳に届いた。

「この時まだお手伝いさんは死体を見ていないんですよね」と彼は続けて訊いた。

「しつこいね、君は」やがて藪島がいった。不機嫌そうな声だった。「そういう細かいことにこだわっていると、スケールの大きな作品はできないんだよ。ちまちました小説が好きなら、ほかの作家に書かせることだね」

「はっ、あの、どうもすみません」

「僕だって人間だからね、全く欠点のないものを書くなんてことは不可能だ。それをカバーするのが君の仕事だろうが」

「では、こちらで適当に直しておきましょうか」

「そうしてくれ。とにかく僕は忙しいんだ」藪島は電話を切ってしまった。

結局この時は、お手伝いの淑子が美禰子の様子がおかしいといって高屋敷たちを呼びに来る、というふうに小谷が書き換えたのだった。そして書き直した原稿を眺めながら思った。どうやら噂は本当らしいぞ、と。

その噂とは、最近藪島清彦はぼけてきているんじゃないか、というものだった。

4

その兆候に小谷も全く気づいていないわけではなかった。最近の藪島の作品を読んで、おかしいなと思うことがしばしばあったからだ。ストーリーが強引だったり、謎解きが論理的でなかったりする。かつての藪島小説にはなかったことだ。

いよいよあの人にも来るべきものが来たのかなと小谷は思った。考えてみれば当然かもしれない。何しろ藪島清彦は今年で九十歳だ。今までよくがんばってきたというべきだろう。

じつは現在活躍中の作家の何割かは九十歳を越えていた。そのうちの何人かは痴呆症だという噂まである。といっても、年寄り作家が突然流行し始めたわけではない。単純に、全員揃って歳をとってしまっただけのことである。

二十一世紀に入って日本人の読書離れは一層激しくなり、本は売れず、作家で生活していくことは至難の業になった。そのため若い人間で作家になろうなどという者もめっきり減ってしまった。ここ数十年、小説界で活躍している顔ぶれは殆ど変わらない。つまり三十代、四十代だった作家たちが、そのままスライドして今も書き続けているのである。

そしてスライドしているのは作家たちだけではない。読者もまた、同じように年老いていた。新たな読者は全く増えていないといっていい。現在本を買っている読者たちの顔ぶれもまた、数十年前と同じに違いなかった。ただし彼等にしても、今さら新しい作家に手を出そうとは思っていない。自分が贔屓にしている作家の本だけを、辛うじて読み続けているのだ。

したがって出版社としては、新しい作家の本よりも、とにかく既存作家の本を出す必要があった。たとえ九十歳になろうが百歳に届こうが彼等に仕事を依頼するのは、そういう背景があるからだった。

しかしそれにしても、と小谷は思う。藪島清彦の場合は、いくら何でもきついのではないか。他のジャンルの小説ならともかく、ミステリと呼ばれるものを、ぼけが始まった頭で書くのは不可能ではないか。

小谷は『雪の山荘資産家令嬢密室殺人事件』の第七回の分を広げた。これを初めて目にした時のショックは、当分忘れられないだろうと思った。

場面は、探偵の高屋敷が第二の殺人に遭遇したところから始まる。前回までの話によれば、死体は別荘から少し離れた森の中で倒れていたことになっている。

「あそこに誰か倒れている」松島がそういって走りだした。

高屋敷も走った。雪が深く、足がとられそうになる。

そこに倒れていたのは美禰子だった。背中に深々とナイフが刺さっている。

「何ということだ。どうしてこんなことに……」要太郎が呻いた。

高屋敷は窓に近づいた。そして入念に観察してから、皆のほうを振り返った。

「皆さん、見たところ、美禰子さんは誰かに殺されています。しかし窓には鍵がかかっており、ドアも内側から錠がされていました。では犯人は、一体どうやってこの部屋から出ていったのでしょう。つまりこれは恐るべき密室殺人事件なのです」


なんと、ここでまた桜木美禰子の死体が出てきてしまったのだ。しかも場面は森の中だったはずなのに、なぜか別荘内になっている。密室殺人だと高屋敷が騒ぐところも、第三回の掲載分そのままである。

さらに読み進むと、またしても内容が混乱する。

梅田健介は鬼のような形相で要太郎に詰め寄った。

「おまえがいけないんだ。おまえが我々をこんな場所に呼ぶから、次々と人が殺されることになったのだ。俺の房江を返してくれ」

「梅田さん、落ち着いてください。桜木さんも被害者なんですよ。美禰子さんが殺されたんですから」竹中加世子が説得するようにいった。

「くそお、くそお。なぜ俺たちがこんな目にあわなきゃいけないんだ。なぜ房江が殺されねばならんのだ。俺は絶対に犯人を許さない。必ず正体を暴いてやる」

そこへ名探偵の神無月小次郎（かんなづきこじろう）が現れた。

「犯人はこの僕が何としてでも見つけだしますよ。この探偵神無月に解けない謎はありません」

この部分を読んで、どうやら森で見つかった二番目の被害者は梅田房江らしいと小谷は察した。

だが何より面食らったのは神無月小次郎という登場人物である。こんな人物は、今回の小説には出てこない。これは、藪島清彦が他の出版社から出す本によく登場させるキャラクターだった。どうやら藪島清彦の頭の中で、高屋敷と神無月がごちゃごちゃになっているらしい。

そしてごちゃごちゃのまま、物語は進んでいく。

神無月は皆に向かっていった。

「つまり梅田房江さんが殺されたのは、鉄三さんが薪割りを終えた午後三時から、死体が見つかった六時半の間ということになるのです。そこで皆さんに、その間どこで何をしておられたかをお尋ねしたいのです」

「私は書斎にいたよ。本を読んでいた」桜木要太郎が答えた。

「それを証明できるかね」と高屋敷は訊いた。

「五時頃、淑子さんにコーヒーを運んでもらった」

「それでは証明にならないな」と松島がいった。「三時から五時までの二時間あれば、犯行は可能だろう」

「松島さん、あなたはどちらに？」高屋敷は訊いた。

「裏庭を散歩していた。竹中さんと一緒だった」

「そうだ。一緒だった」と竹中和夫も頷いた。

「梅田さん、あなたはどうですか」

「私は房江と一緒に部屋にいた。なあ、房江」

「ええ、そうですわ」梅田房江も、きっぱりと答えた。

「すると美禰子さんが殺された時間のアリバイがないのは、あなただけということになりますね」神無月は桜木要太郎を指さした。

小谷はため息をついた。すでに何度も読んだ文章ではあるが、頭が痛くなってきた。探偵の名前が二つ出てくるのは紛らわしいが、まだこれは何とかなる。やはりひどいのは、梅田房江殺しについてアリバイを調べている最中に、その梅田房江が出てくることだろう。しかもその房江が亭主のアリバイの証人になろうとしているのだ。竹中加世子がいつの間にか竹中和夫という男性に変わっているのも頭痛ものだが、二番目の死体のことをまたしても美禰子と書いているのは一体どういうことか。

やっぱりもう限界なんだろうなと彼は思った。この連載が終わったら、もう仕事の依頼は見合わせたほうがいいだろう。この『雪の山荘資産家令嬢密室殺人事件』にしても、青息吐息でようやく最終回までこぎつけたという感じなのだ。じつは原稿のおかしな部分は、このところずっと小谷が勝手に書き直してきたのだった。今読んだ第七回の分などは、書き直し部分のほうが多かったぐらいだ。無論、第八回、第九回の原稿も、似たようなものだった。

問題は今日受け取る最終回だ。一体どういうものになるのか想像がつかず怖かった。

小谷は原稿用紙の束を鞄にしまった。ちょうどその時入り口のドアが開いて、藪島清彦が入ってきた。

5

藪島は入り口のところに立ち、老眼鏡をかけた目で店内を見回していた。小谷は手を振り続けたが、なかなか気づいてくれなかった。

いよいよ迎えに行くしかないかと小谷が立ち上がりかけた頃、藪島は無表情で近づいてきた。

「早かったね、まだ来てないと思ったよ」座りながら藪島はいった。

「はあ……」

四十分も遅刻しておいて、よくそんなことがいえるものだと思ったが、小谷は黙っていた。

ウェイトレスが注文を取りに来た。藪島は日本茶を注文した。

「先生、それでお原稿のほうは？」おずおずと小谷は切り出した。

「うむ、持ってきとるよ」藪島は頷いてから、自分の周りを見回した。「おや、どこへやったかな」

「先生、リュックの中ではないですか」

「リュック？　そんなもの持ってきてないぞ」

「でも背中に担いでおられますが」

「えっ？」藪島はそれでようやく自分がリュックを背負っていることに気づいた。

「ああ、そうだった。ここに入れてきたんだった。君、よくわかったね」

「ええ、まあ」いつものことですからという台詞を小谷は飲み込んだ。

「ええと、これだこれだ」藪島は原稿用紙の束を取り出した。「傑作だよ」

「そうですか。拝見します」小谷は原稿を両手で受け取った。

ウェイトレスが日本茶を運んできた。藪島がそれをおいしそうに啜るのを目の端で捉えながら、小谷は原稿に目を通した。

前回は、高屋敷秀麿が皆をリビングに集め、いよいよ謎解きをするというところで終わっていた。だから当然今回はその続きを読めるはずだった。

だが読み始めてすぐ、小谷は状況が全く変わっていることに気づいた。なぜか登場人物全員が東京にいるのである。そして事件などなかったかのように、仲良く談笑している。これはつまり事件の後日談のほうを先に描いているということかなと小谷は考えた。どのように事件が解決したかということは、誰かの回想という形で語られるわけだ。そのほうが最後まで読者を引っ張るという効果はある。

とにかく読んでみようと思い、小谷は原稿用紙をめくっていった。

ところが残り枚数がわずかになっても、事件解決のシーンが出てくる気配がなかった。登場人物たちは、雪の山荘での惨劇など忘れたかのように、平凡な日常を送っている。

一体どうなるんだと思った頃、突然小谷をあっと驚かせるような文章が現れた。

「さあみんな、じゃあそろそろ出かけようか」高屋敷が全員に声をかけた。

「そうだな」

「出かけましょう」

高屋敷を先頭に、一団は出発した。今日は久しぶりにゲートボールの試合があるのだ。皆を率いながら、高屋敷は桜木要太郎のことを思い出した。一年前、娘を殺した挙げ句に自殺した親友のことを、彼は忘れたことがない。彼とこうして試合に臨んだことも、何度かあったのだ。

おまえの分までがんばるからな。

高屋敷は空に向かって誓ったのだった。

（了）

「えっ」小谷は、ばさばさと原稿用紙を見直した。「あの、先生、これで終わりですか」

「そうだ」何か文句があるかという目で藪島は見返してきた。

「犯人は、ええと、桜木要太郎ですか」

「そうだよ。意外だったろう」藪島はうれしそうにいった。

「いや、意外とかそういう問題ではなく、ええと、謎解きのほうはどうなったんですか」

「謎解き?」

「事件に関していくつか謎があったでしょう。あれを解いておかないといけないと思うんですが」

「だから解いてあるじゃないか。犯人は桜木だよ」

「それはわかりました。でも犯人を桜木と特定する根拠が必要だと思うんです。先月、せっかく高屋敷が推理を始めるシーンで終わったんですから、その続きがあったほうがいいと思うんです」

「何をいっとるんだ、今さら」突然藪島は怒りだした。「今回で最終回にするというのは、最初から決めてあったことだろう。それを今頃になって続きを書けとはどういうことだ」

「違います、違います」小谷はあわてて手を振った。「今回で最終回でいいんです。それは変わりません。ただ今回の話の中に、探偵が謎解きするシーンを入れたほうがいいのではないかと思うのですが」

「神無月小次郎に謎解きさせるのか」

「いや神無月ではなく――」そこまでいって小谷は一旦唇を閉じた。それから改めていった。「はい、神無月でもいいです。とにかく探偵の謎解きが欲しいです」

「解いてあるじゃないか、マチコを殺したのは桜木だ」

「マチコ？」

「桜木が船の上でマチコの首を絞めて殺したんだ」

「あの、先生、ちょっと待ってください。それは何の小説の話ですか。うちの小説じゃないですよね。桜木が殺したのは美禰子でしょう？」小谷は腰を浮かせ、必死でいった。周りの客が変な目でじろじろ見てくるが、気にしていられない。

「ミエコはうちの姪だよ。元気で生きている」

「ミエコさんじゃなくて、美禰子です」小谷はさっきまで読んでいた生原稿をテーブルに置き、美禰子が登場するページを開いた。「ほら、ここに出てくる美禰子さんです」

「美禰子……か」つぶやいてから、藪島は一つ大きく頷いた。「これは痛ましい事件だ。美禰子はね、婚約者を皆に紹介した夜、何者かによって刺し殺されるんだよ」

「そうです、そうです。その話です」ほっとして小谷は椅子に座り直した。

「しかもだ」藪島は話を続ける。「殺された状況というのがじつに奇妙なんだ。窓もドアも、内側からきっちり鍵がかけられている。しかも死体には背中からナイフが刺さっており、自殺ということは絶対にありえない。犯人は一体どうやって部屋から出たのか。どうだね、不思議だろう。これは密室といってだね、推理小説の世界では」

「先生、先生」小谷はまたしても腰を浮かせ、両手を小さく振った。「そのことは存じております。ちゃんと読ませていただきましたから」

「もう読んだのか」

「はい、担当ですから」

「そうか、大したものだな。ええと、あれはいつ本になったのかな。たくさん書いてきたので、忘れてしまったな」

「いえ、まだ本になっておりません。まだ連載中です。そのお原稿の段階で読ませていただいたのです」

「原稿の段階で？」藪島は目を見開いた。「そうか、それほどあの作品を買ってくれているのか。それはありがたい。作家冥利(みょうり)につきるというものだよ」

小谷は胃袋がちくちくと痛んだ。逃げだしたい気分だった。だがとにかく最終回の原稿を何とかしなくてはならない。

「それでですね、今先生がおっしゃった密室の謎のほうも解決しておきたいのですが」小谷はおそるおそるいった。

「密室を解決？　どういうことかな」

「ですから、種明かしをしていただきたいのです。犯人はどうやって部屋から出たのか。密室トリックを解明していただきたいのです」

「僕がするのか」

「そうです。だって密室トリックを考えたのは先生でしょう？」

「いや、そんなことはない。密室を考えだしたのはポーだよ。エドガー・アラン・ポー。『モルグ街の殺人』という小説でね、驚くなかれ犯人は」

「存じております」泣きたいのを我慢して小谷はいった。「文学史上、最初に密室を扱った小説は、ポーの『モルグ街の殺人』。はい、よく知っています。ただ今、私がいっているのは『モルグ街の殺人』の話ではなく、『雪の山荘資産家令嬢密室殺人事件』のことなんです。ここに出てくる密室トリックは、先生がお考えになったものでしょう？　だから先生しか解けないのです」

「密室？」藪島は目を丸くした。「マチコは船で殺されたんだよ」

小谷は、がくんと椅子に腰を落とした。身体に力が入らなかった。

これはあかんわ、と思った。もう小説を書かせるのは無理だ。

「わかりました。ではマチコさんが殺された理由を教えてください。それさえ聞かせていただければ、後は私が何とかします」

「マチコ？　殺されたのは美禰子だろう」藪島がすました顔でいった。

小谷はその顔をはり倒したくなるのをこらえた。

「そうです、美禰子です。美禰子が殺された理由は何ですか」

「それはだな、犯人の秘密を知ったからだよ。犯人はもう一人、別の人間を殺していたんだ。それを目撃したので殺されたんだ」

「ちょっと待ってください。もう一人というと……」

「もう一人ぐらい死んでたはずだよ」

「梅田房江ですか」

「ええと、そうだったかな」

「でも梅田房江のほうが美禰子よりも後に殺されるんですよ。美禰子が房江殺しを目撃するなんてことはないんじゃないですか。その逆ならありえますけど」

「逆とは？」

「つまり美禰子殺しを目撃したので、梅田房江も殺されたというわけです」

「ふうん、そうだったのか」藪島は感心したような顔でいった。

「一応それなら筋が通りますけど」

「じゃあそれだ。それに決まった。では、後のことをよろしく頼むよ」藪島は立ち上がろうとした。

「待ってください。梅田房江が殺された理由はそれでいいです。でも美禰子のほうがまだ解決していません。彼女はなぜ殺されたんですか」

「美禰子……か」藪島は考え込んだ。苦しそうに顔を歪めている。

もうだめかなと小谷が諦めかけた時、老作家は突然顔を上げた。

「そうだ、わかったよ」

「何ですか」

「美禰子は、マチコが殺されるところを目撃したんだ。だから殺されたんだ」

6

「まったくまいっちゃったよ。まああの人の原稿を受け取るのも、これが最後だな」

小谷は苦笑いを浮かべながら原稿用紙の束を差し出した。

「それは大変でしたね」受け取った原稿をぱらぱら見て、金子は相槌を打った。原稿用紙は推敲の跡で真っ赤で、ところどころ大きく書き直してあった。

「密室トリックの解明はおろか、犯行の動機さえ忘れちゃってるんだもんな。本人に尋ねてみたけど、どうにもなりそうにないから、私が適当に書き加えておいたよ」

「いつもすみません」

「いろいろ考えたんだが、密室はドライアイスを使ったトリックだったということにしたよ。ドライアイスで掛け金を留めておいて、それが溶けたら掛け金が落ちて鍵がかかるという仕掛けだ。どうだい、なかなか斬新だろう」

「そうですね」

「殺人動機は、犯人の異常愛ということにした。娘を愛しすぎて、他人の手に渡したくないから殺してしまったわけだ。これまた画期的じゃないかと思うんだがね」

「いいと思います」

「じゃ、目を通して問題がなかったら、印刷所に回しておいてくれ。私はこれからまた、打ち合わせがあるから」そういうと、小谷は書類鞄を持って部屋を出ていった。

小谷の姿が完全に消えてから金子はため息をついた。するとそれを見ていたように、隣の吉野めぐみが話しかけてきた。「大変ですね、編集長」

金子は腕時計を見て苦笑した。「二時間も年寄りの話につき合わされちゃったよ」

「小谷さんっておいくつでしたっけ」

「定年退職して十年だから、七十歳じゃないか。契約社員の中では中堅だよ」

「藪島先生の仕事をするのはこれが最後だとかおっしゃってましたけど」

「いつもああいうんだよ。だけど結局、また仕事を依頼しちゃうんだよな。藪島さんの本はそこそこ売れるから、こっちとしても断れないしさ」

「へえ、売れるんですか。じゃあやっぱり面白いんですね」

「冗談じゃない。面白いものか。この『雪の山荘資産家令嬢密室殺人事件』にしても
さ、前回の『嵐の孤島天才歌姫密室殺人事件』と何も変わらないんだぜ。舞台と登場
人物の名前が違うだけだ。話の流れも同じときてる」
「えっ、そうなんですか。でも密室トリックや殺人動機は、今回小谷さんが独自に考
えたとおっしゃってたじゃないですか」
吉野めぐみの言葉に、金子はうんざりした顔を作って首を振った。
「小谷さんが藪島先生の原稿を書き直すのは、今回の作品で三作目だよ。本人は忘れ
ているみたいだけどね。そして前二作とも、密室トリックはドライアイスで、動機は
異常愛だった」
「えー、どういうことですかあ」
「どうやらあの人もぼけてきているようだね」
「信じられない。でもそんなのを本にしちゃってもいいんですか」
「いいんだよ。どうせ読者だって、前作のことなんか覚えちゃいないんだ。なんせ読
者の平均年齢は七十六歳なんだから」
金子は大きく伸びをして、窓の外を眺めた。今頃小谷はまたあの『渋沢』とかいう
店で、五十歳過ぎのウェイトレスが運んでくるコーヒーを飲んでいるに違いないと思
った。

超予告小説殺人事件

『殺しのコスチューム　第三回』

1

杉山バレエ団事務局長の中山春子は、いつもより三十分ほど早く、杉並にあるバレエ団に出勤した。事務所は稽古場と同じ建物内にある。

建物の鍵を外そうとして、彼女は、おやと思った。鍵がすでに外れていたからである。つまり誰かが先に来ているということか。珍しいこともあるものだと彼女は思った。彼女以外に鍵を持っているのは、団長の杉山週助と、彼の息子でありバレエマスターで演出家でもある杉山晃一郎だけだ。だが週助は現在ヨーロッパに行っている。ということは晃一郎が来ているということになる。朝の弱い彼がこんなに早く稽古場に来るということは、中山春子の知るかぎりでは一度もなかった。

彼女は晃一郎に挨拶をしておこうと、稽古場に向かった。しかし廊下を歩いている時、少しおかしいことに気がついた。もし晃一郎が来ているのなら、駐車場に彼の愛車のBMWが止まっていたはずである。だが先程はたしかに駐車場に車はなかった。

一抹の不安を抱きながら、彼女は稽古場のドアの前に立った。そしてドアを開けた。広い稽古場のフロアの中央に、何か白いものが落ちていた。中山春子は最初、誰かが衣装を忘れたのかと思った。それは『白鳥の湖』で白鳥役のダンサーたちが着る衣装に見えたからだった。しかし近づくにつれて、そうではないことがわかってきた。彼女は足を止めた。その足が震えだした。

それはたしかに白鳥の衣装ではあった。だが衣装だけではなかった。衣装を着た女が倒れているのだ。それがプリマバレリーナの弓川姫子であることを知った時には、中山春子はその場にしゃがみこんでいた。

弓川姫子の胸には短剣が刺さっていた。わずかに流れ出た血が、白い衣装にどす黒い染みを作っていた。

数秒経ってから
『中山春子は悲鳴を上げた。』と、キーを叩こうとした時、玄関のチャイムが鳴った。旧式のワープロに向かっていた松井清史は机の上の時計を見た。午後二時十三分になっていた。彼は跳ねるように椅子から立ち上がり、玄関へ駆けて行った。ドアスコープから覗くと、遠藤の痩せた白い顔が見えた。松井は鍵を外してドアを開けた。

「やあ、どうも」松井は愛想笑いを浮かべた。

「ちょっと遅れちゃったね。ごめんごめん」遠藤は髭面の前で手刀を切った。

「いえ、どうぞ。狭いところですけど」松井は遠藤を招き入れた。

部屋は八畳のワンルームだった。家具といえばベッドとワープロ台と安っぽいガラステーブルがあるだけだ。書籍類は壁際に山積みされている。

松井が出した、あまり綺麗とはいえない座布団の上で、遠藤は胡座をかいた。

「これ、差し入れ。肉の佃煮だよ。カップラーメンばっかり食ってちゃ、力が出ないだろうからね」遠藤は紙の包みをテーブルに置いた。

「あっ、どうもすみません。ありがとうございます。助かります」松井は頭をぺこぺこ下げた。

「ほう、やってるようだね。連載三回目の分かい？」ワープロの画面に目を向けて、遠藤は訊いた。

「ええ、なかなか思うようにはかどりませんけど」

「まあ、まだ締切までずいぶん時間がある。焦ることはないよ。ところで今月号の『小説金潮』はもう送られてきたかい」

「昨日届きました」そういって松井はワープロ台の上から一冊の小説誌を取り、遠藤の前に置いた。

　遠藤はそれをぱらぱらとめくり、先月松井が書いた『殺しのコスチューム　第二回』のところを開いた。

「ここまでの展開は、まずまずだと思うよ」遠藤はいった。「第一回で、いきなり死体が出てくるのもよかった。看護婦が病院の屋上で絞殺されていた、なんて、映像としてもなかなか刺激的だったしね」

「ありがとうございます。二回目はいかがだったでしょうか」

「うん。二回目もよかった。デパートのエレベータガールが殺されるシーンには迫力があった」

「そういっていただけると安心します」

　松井は立ち上がり、流し台の横に置いてあるコーヒーメーカーのスイッチを入れた。遠藤が来たらすぐにいれられるよう、コーヒーの粉や水はすでにセット済みだった。

「ただ、あれだな」遠藤がいいにくそうに口を開いた。「何というか、殺人の状況自体は刺激的なんだが、話の展開がちょっと地味だな。登場人物も、今一つ存在感が薄い。主人公の新聞記者には、もうちょっと個性を持たせたほうがいいと思うんだがね」

「そうですか……」松井は遠藤の前で座り直した。正座をしていた。

「いや、そんなに情けない顔をしなくてもいい。小説の出来としては悪くないんだ。話の展開は自然だし、人間の動きにも強引なところがない。毎回死体が出てくるわりに、非現実的な感じがしないのは、そういう堅実な書き方のせいだと思うよ。他の作家の小説の中には、話を盛り上げるために、登場人物にでたらめな行動をとらせたり、ありそうもない状況を作ったりしたものもある。それに比べれば、君の作品はいつも質が高いと思うよ」

「ありがとうございます」松井はまたも頭を下げる。

「しかしねえ、商売という見方をした場合、どっちが売れるかとなると、また話が違ってくるんだよな。少々むちゃくちゃでも展開の面白い本のほうが売れるというのが現実なんだよ。読者はほら、そんなに細かいところは読まないし、小さいことにこだわったりしないから」

「わかります」

「何かインパクトが欲しいよねえ」遠藤は右手の拳をぎゅっと固めた。「話題になりそうな何かがあれば、この小説は当たると思うよ」

「官能シーンでも入れましょうか」松井は思いついたことをいってみた。

だが遠藤は顔をしかめて手を振った。

「だめだよ。そんな小手先のことじゃあ読者の心は摑めない。大体、官能シーンが入っている程度のことで、インパクトが生めると思うかい？　ＡＶは氾濫し、インターネットからは無修正の写真があふれでている世の中なんだよ」

「はあ……じゃあどうすれば」

「それを考えるのは君の仕事だろ。是非とも世間の連中を、あっといわせてやりたいもんだ。とにかく現実に起きる事件のほうが、小説よりもはるかに奇抜だったりするからな」

そういってから遠藤は何か思い出した顔になって、持ってきた鞄から一枚の紙を取り出した。新聞の切り抜きのようだ。

「そういえば先日新聞の整理をしていて、面白い記事を見つけたよ。あまり大きく取り上げられなかったから、掲載された時には気がつかなかったらしい」

「何ですか」

「ちょっと見てごらん。面白いよ」

松井はそれを受け取った。新聞記事は小さなものだった。社会面の隅にでも載っていたのだろう。だがそれを読んで、松井もはっとした。見出しは、『看護婦の絞殺死体　松戸の病院で』とある。

「面白いだろう」遠藤がにやにやしていった。「君の小説の第一回に出てくる状況とそっくりだ。偶然の一致だろうが、こんなこともあるんだなあと不思議な気がしたよ」

「本当に不思議ですね」

「つまりだ」と遠藤は真顔に戻った。「君としてはかなり頭を捻って、こういう事件を描いたんだろうが、現実にはよくあることだということだよ。小説には何ができるか、もう一度考え直してみたらいいと思うね」

「わかりました。勉強してみます」松井は小さく頭を下げた。

2

コーヒーを一杯だけ飲んで遠藤は帰っていった。松井は二杯目のコーヒーを飲みながらワープロに向き直った。が、すぐには仕事にとりかかれない。遠藤からいわれたことが頭に引っかかっている。

インパクト……か——。

それが簡単に出せれば苦労しないよなあと彼はため息をついた。

松井清史が作家としてデビューしたのは三年前のことだ。『小説金潮』が募集している新人賞に応募して、佳作に入選したのが、そのきっかけとなった。大学を卒業して以来、十年以上も定職につかずに作家を目指してきて、ついにスタートラインに立ったというわけだった。

それ以来、小説誌に短編を発表したり、たまに書き下ろしの長編小説を単行本にしてもらったりして、生計を立てている。

しかし生活は楽ではない。

短編小説を書いて得られる原稿料はわずかだし、単行本にしても、彼のような無名作家の場合、刷ってもらえる部数は数千部で、印税もたかが知れている。もちろん単行本が増刷されたことなど、これまでにただの一度もなかった。

そんな彼にチャンスを与えてくれたのが、金潮社でずっと彼の担当をしている遠藤だった。遠藤は編集長を説得し、大した実績もない松井に『小説金潮』での連載という大仕事を持ってきてくれたのだ。着任したばかりの編集長は、新人を使って何か新しいことをしたいとは考えていたらしいが、遠藤にいわれるまで、松井清史という作家のことなど全く念頭になかったに違いない。それだけに松井は、この仕事で遠藤の期待を裏切りたくはなかった。自分を推薦してくれた遠藤に恥をかかせたくはなかった。そして何より、この仕事を成功させることにより、作家として有名になりたかった。

『殺しのコスチューム』は、連続殺人を扱った推理小説だ。犯人は看護婦、デパートガール、バレリーナといった具合に、独特の制服なり衣装を身に纏(まと)った女性ばかりを殺害していく。主人公は最初に殺された看護婦の恋人の新聞記者である。彼が警察とは全く別のセンから真相に近づいていき、やがて真犯人と対決するというのが、ストーリーの主な流れだ。

松井はこれまでに書いた分を読み返した。遠藤のいうとおり、やはりちょっと展開が地味かなとも思う。つまり退屈ということだ。だから本が売れないのか、と再発見した気分になる。

玄関のチャイムが鳴ったのは、その時だった。彼は首を傾げた。宅配便が届く予定はないし、集金される覚えもなかった。

ドアを開けると二人の男が立っていた。少し痩せた男と少し太った男のコンビだ。どちらも灰色の背広を着ていた。

「ええと」太ったほうがドアの横の表札を見直してからいった。「松井先生は……」

「私です」

「ははあ」太った男は痩せた男と顔を見合わせた。それからまた松井のほうに目を戻した。頭のてっぺんから爪先までをじろじろ見た。「作家の松井先生ですね」

「そうですけど、何か?」

「はあ、じつは捜査に御協力をお願いしたいのですが」警察手帳を出してきた。

松井は驚いて目を丸くした。「どういったことですか」

「ちょっといいですか」太った刑事は室内を指差した。

「ああ、どうぞ」

松井は二人の刑事を部屋に入れた。二人は窮屈そうに並んで座った。太ったほうが元木、痩せたほうが清水といった。

「早速ですが、先生は現在、『殺しのコスチューム』という小説を連載しておられますね」元木刑事が訊いた。

「ええ、書いていますけど」

「その第一回では看護婦殺しを描いておられる」

「はい」

「それと全く同じ事件が松戸で起きたことを御存じですか」

「ああ」松井は口を開けた。「ついさっき担当の人から聞きました。びっくりしていたところです」

「じつはですね」といったところで元木の視線が部屋の隅に向けられた。そこに置いてあった今月号の『小説金潮』に彼の手が伸びた。「じつは、第二の事件が起きたのです。死体が見つかったのは今日の午前中のことでした」

「第二って……」

「殺されたのは大宮にある万福百貨店のエレベータガールです。首の後ろを千枚通しのようなもので刺されていました。即死だったと見られています」

「えっ」松井は絶句した。

「もちろんおわかりですね」そういって元木刑事は『小説金潮』を持ち上げた。「昨日発売の、この小説誌に掲載されている、あなたの小説そのままの事件が起きたわけですよ」

3

「ふうん、不思議なこともあるもんだねえ」コーヒーを啜りながら遠藤はいった。

「まあ、偶然だろうと思うんですけどね」松井はアイスクリームを口に運んだ。

二人は金潮社のそばにある喫茶店にいる。刑事が来たことを、松井は遠藤に知らせに来たのだ。

「だけどよく警察が、事件と君の小説の類似性に気づいたねえ。『小説金潮』の愛読者でもいるのかな」

「警察にそのことを指摘する一般市民からの電話があったそうです。名乗らなかったらしいですが」

「ふうん。それで刑事はどんなことを訊きに来たんだい」

「大したことじゃないですよ。小説を発表してから、誰かから何かいわれたことはないかだとか、何か変わったことはないかだとか、一連の事件に心当たりはないかだとか」

「ないわけだよねえ」

「ないですよ、もちろん」松井は即座に否定した。「自慢じゃないですけど、デビュー以来、ファンレターらしきものも、いやがらせの手紙らしきものも受け取ったことがありません。僕がどんな小説を発表しようが、誰も気にしちゃいないみたいです」

まあまあと、笑いながら松井をなだめた後、遠藤は真顔になって腕組みをした。

「しかし、この状況を何とかうまく利用できないかな」

「利用って？」

松井が訊くと、鈍いなあ、といって遠藤は顔をしかめた。

「だって小説の通りに人が殺されていくんだよ。面白いと思わないか」

「そりゃ、思いますけど」

「犯人は君の小説を読んで、次のターゲットを決めているのかもしれない。となると君の小説は、現実の事件の予告でもあるわけだ。このことを世間にアピールすれば、話題になることは間違いない。松井清史という名前が注目を浴びて、本も売れるぞ」

「そんなにうまくいきますかね」

「いく。編集者としての私の勘を信用しなさい。よし、知り合いの新聞記者に話してみよう。きっと興味を持ってくれるだろう。たぶん君のところに取材に行くと思うから、そのつもりでいるように」遠藤は次第に興奮していった。

だがその知り合いの新聞記者は、遠藤ほどには興奮しなかったらしい。何日経っても松井のところには新聞社から電話の一本もなかった。他のマスメディアが取り上げてくれそうな気配もない。

「どうも今一つ、話に乗ってくれないんだよ」遠藤が松井の部屋にやってきて、渋い顔をしていった。「聞いてみると、ちょっとばかり世間の注目を集めそうな事件が起きると、自分が予言した通りだとかいってくる自称超能力者とか自称予言者とか自称占い師が結構いるらしい。どうやらその類だと思われたようだな」

「僕は作家ですよ」と松井はいった。「自称作家じゃなくて、本当に作家です」

「そういったんだがね、あまり相手にしてもらえなかった。単なる売名行為だと決めつけられている」

まあたしかに売名行為だよなあと思い、松井は黙り込んだ。

遠藤がぽつりといった。「もう一つ、こないかな……」

「えっ？」

「いや、何、つまりさ」誰に聞かれる心配もないにもかかわらず、遠藤は掌で口元を隠し、声を落としていった。「殺人事件がもう一つ起きないかなと思ったわけだよ。しかも君の小説の通りに」

「えー、それはちょっと……」

「ま、不謹慎だがね」遠藤はにやにやした。「でも、そういうことになると、事情はまるっきり違ってくると思うよ」

「はあ」

松井は黙って頭を掻いた。まさかそんなことが起きるわけがない、と思っていた。

ところがそれから二週間後——。

牛乳とトーストだけの簡単な朝食をとりながら新聞を読んでいた松井は、社会面を開いて牛乳を吹き出しそうになった。

『プリマバレリーナ刺殺される』という見出しが目に飛び込んできたからだ。

『二十一日午前八時ごろ、東京都世田谷区××、鏡バレエ団で、「ダンサーが死んでいる」と出勤してきた事務員から一一〇番通報があった。警視庁成城署員が調べたところ、稽古場で同バレエ団所属の原口ゆかりさん(26)が胸から血を出して倒れていた。原口さんは舞台用の衣装を身に着けており、胸には登山ナイフが刺さっていた。』

松井は新聞をほうりだした。こんな馬鹿な、と思った。すぐに傍らに置いてある

『小説金潮』の最新号に目をやる。それは一昨日発売されていた。

馬鹿な、と今度は声に出して呟いた時、電話が鳴りだした。受話器を取ると遠藤の声が飛び出してきた。「新聞を見たかいっ」

「見ました」と松井はいった。「驚きました」

「やったなあ。これでマスコミも君の小説に注目せざるをえなくなるだろう。忙しくなるぞ、これから」

「でもどうしてこんなことになるんでしょう。僕の小説の通りに人が殺されていくなんて、何だか気味が悪いですよ」

すると電話の向こうで遠藤は舌打ちをした。

「そんなことを悩んだって一文の得にもならんよ。とにかく今は、このチャンスを生かすことだけを考えるんだ。ついさっき、例の知り合いの新聞記者から早速連絡があった。ぜひ君の話が聞きたいということだった。後でもう一度連絡するから、準備をしておいてくれ。わかったね」

はあ、と松井が曖昧に返事すると、遠藤はあわただしく電話を切った。

準備といっても何をすればいいんだろうと考えていると、今度は玄関のチャイムが鳴った。

やってきたのは元木と清水の両刑事だった。二人とも先日とは少し様子が違っていた。目が血走っている感じだ。

「世田谷のバレエ団の事件、御存じですか」元木が半分怒ったような声で訊いた。

「新聞で読みました」

「じゃあ、なぜ我々が来たかもおわかりですね。ちょっと話を聞かせていただけますか」

「ええ、どうぞ」

二人の刑事を通した。刑事たちは、座るなり揃って手帳を取り出した。

「まずお訊きしたいのはですね、なぜ看護婦、エレベータガール、バレリーナと殺したのかということです。これはもちろん、あなたの小説の話ですが」元木がいった。

「なぜと訊かれても困ります。今度の小説では、いろいろなコスチュームを着た女性を狙う犯人を描こうと思いまして、それで看護婦とかエレベータガールが殺されれば面白いかなと……」

「面白い？」清水刑事が目を剝いた。「貴様、面白いという理由だけで人を殺してもいいと思っているのかっ。遺族の方々の悲しみを一体何だと」

「清水君、清水君」元木が清水刑事の膝を叩いた。「今は小説の話をしているだけだ」

「あっ、これはどうも、すみません」清水は頭に手をやって、謝った。どうやらかなりおっちょこちょいの性格らしい。

元木が松井のほうを向いた。

「連載のストーリーというのは、先に作っておくものなのですか。つまり看護婦やエレベータガールを被害者にすることは、前から決まっていたのかという質問ですが」

「作家によって違うと思いますけど、僕は連載をするのはこれが初めてなので、ある程度は話の筋を決めてから書き始めました。看護婦とかエレベータガールとかバレリーナが殺されるという設定も、連載開始前から決めていたことでした。そこまでは予告編でも少し触れています」

「次はどうです。どんな女性が殺されるのか、もう決まっているのですか」

「それはこれから考えるつもりです。そろそろ次の連載分を書き始めなければなりませんから」

「ふうむ」元木刑事は腕を組んだ。「じつはねえ、あなたのことを少し調べさせていただきました。それによるとあなたは作家としてあまり有名ではないというか、高額納税者のリストには入ってないというか……」

「そんな遠回しにいわなくてもいいですよ。僕が売れない作家だということは、自分が一番よくわかっています」

「はあ、まあそういうことなんですな。そんなあなたの小説の通りに人が殺されるというのが、今ひとつ解せないわけなんです。具体的にいうと、犯人の気持ちがわからない。世間の注目を集めたいなら、もっと有名な作家の作品を真似たほうがいいはずです」

「僕もそう思います」

「つまり犯人は、あなたの作品に対して特別の思い入れを持った人物ではないかと思われるわけです。たとえば熱狂的なファンとかね。どうです、そういう人物に心当たりはありませんか」

「全くありません」と松井は答えた。「ファンといえるほどの読者が、自分に一人でもついているのかどうかも、怪しいと思っているほどなんですから」

「すると奇妙ですよねえ。犯人の目的が全くわからない」

「そうですね」

元木刑事は組んでいた腕をほどいた。それから手帳を構え、改めて松井の顔を見つめた。そして、こんなことはよくあることで特に珍しくも何ともないという口調でいった。

「一応あなたのアリバイを伺っておきましょう。ええと、まずは看護婦が殺された日からいきましょうか」

刑事が帰った後も、松井の不愉快な気分はなかなかおさまらなかった。どうして俺がアリバイを訊かれなきゃならないんだ。俺が殺ったとでもいうのか。馬鹿馬鹿しい。

コーヒーでも飲んで気分を直そうと立ち上がった時、再びチャイムが鳴った。続いてドアを叩く音と女の声。「松井先生、いらっしゃいますか。松井先生。松井先生」どんどんどん。

松井はあわててドアの鍵を外した。ドアを開けると同時に、ばしゃばしゃばしゃとストロボが光った。

「うわっ、一体何だ」松井は思わず顔を覆った。

「松井先生ですね」女の声がした。

松井が目を開くと、すぐ前にスーツを着た女がマイクを持って立っていた。そのほかにも大勢の人間たちが詰めかけてきている。中の何人かはカメラを持っていた。

「今度の事件について何かお心当たりはありませんか。先生の小説通りに女性が殺されているわけですけど」

「いや、それについては何が何だか……」

「犯人の狙いはどこにあると思われますか」

「わかりません。ええ、あの、ただ驚くばかりで」

横からほかの男性レポーターが訊いてきた。「そもそもどうしてコスチュームを着た女性ばかりを小説中で殺させるのですか」

「えっ、あの、それは……」

「あなたの趣味ですか」

「いや、そんなことは」

「今度はどんな女性が殺されるのですか」また別のレポーターが訊いてきた。

松井が口ごもっていると、次々に質問が浴びせられた。

「今度はスチュワーデスですか」

「女子高生ですか。ひひ」

「SMの女王とか」

大勢の声が一斉に飛び込んできて、松井は頭がぼうっとなった。これは夢に違いない、と思った。

4

ばあんとドアを開いて遠藤が入ってきた。

「先生。松井大先生。やったぞ。ついにやったぞ。わははははは」

彼は一升瓶を提げていた。それを畳の上にどんと置き、ついでに自分も胡座(あぐら)をかいた。

「どうしたんですか」

「どうしたもこうしたもない。『小説金潮』が飛ぶように売れてるんだ。しかも君のこれまでの単行本も、すべて増刷が決まった」

「えっ、増刷」松井は思わず背筋を伸ばした。「本当ですか」

「本当だとも。やったなあ、まずは乾杯しようや」

「あっ、はいはい」松井は立ち上がり、流し台でコップを洗い始めた。

増刷——何という素晴らしい響きだろうと思った。これまでの彼には縁のない言葉だった。一生縁がないのではないかと思ったこともある。

「ええと」コップを洗う手を止めて、松井は振り返った。肝心なことを聞いていないことに気がついた。「増刷というと、一体どれぐらいですか」

「部数かね」遠藤はにやりと笑った。「すべて二万部の増刷だ」

「二万……」

「これまで君が出した本は三冊だから、合計で六万部の増刷だ」

松井は足の力が抜けそうになった。信じられない数字だった。

「おいおい、この程度のことで感激されちゃ困るね。いくら本の売れない時代とはいえ、十万部以上売れる作家はごろごろいるんだからな。我々の目標も、高いところに置かなきゃならん」

「でも、こんなに売れたことがないので」

「何をいってるんだ、まだまだこれからだぞ。ま、気持ちはわかるがね。とりあえず祝杯といこうや」遠藤は一升瓶の栓を開けた。

松井は洗ったばかりのコップを差し出した。遠藤が両手で酒を注いでいく。あふれた分が松井の手を濡らした。

「問題は次だな」しばらく飲んだ後、遠藤がいった。「このままいけば、次号の『小説金潮』が注目を集めることは間違いない。読者は競って君の小説を読むだろう。何しろ、次にどういう女性が殺されるか予測できるわけだからな」

「犯人は次も小説の通りに殺すでしょうか」

「それはわからんが」遠藤は声をひそめた。「我々としては、犯人がいつまでも捕まらず、君の小説通りに犯行を重ねてくれることを祈るのみだよ」そして、ぐひひひと気味悪く笑った。

遠藤が帰った後も、松井はまだぼんやりしていた。信じられない思いだった。

テレビや新聞などで彼の小説と連続殺人事件の類似性が報道されて以来、世界が一変したようだった。松井清史という名前が、突然知名度を持つようになり、当然著作も注目され始めた。昨日あたりからようやく落ち着いてきたが、ここ数日間は取材に追われる毎日だったのだ。じつはすでに二度、テレビ出演もしていた。

こんなこともあるとはなあ、と松井は新聞を引き寄せる。しかしあまり考えすぎるのはよくないかもしれないとも思う。遠藤がいうように、このチャンスを生かすことだけを考えるべきかもしれない。

松井はワープロの前に座り、スイッチを入れた。少し酔ってはいるが、そろそろ次の連載分を書かねばならなかった。今度はどういうコスチュームを着た女性が殺されることにするか、それが俄然重要な意味を持ってきた。何しろ書いたことが現実になるのだ。遠藤は、なるべく派手な衣装を着た女にしろという。そのほうが盛り上がるというのだ。京都の舞子なんかいいなと遠藤は少し呂律の怪しくなった口調でいっていた。

最初のキーを叩こうとした時、電話が鳴った。また取材かなと思い、彼は受話器を上げた。だが聞こえてきた声は、全く違う雰囲気を持ったものだった。

「松井清史さんだね」男の声だった。松井の知っている相手ではなさそうだ。

そうですが、と彼は答えた。

「俺、犯人なんだけどね」そういって男は、くすくす笑った。

「犯人?」

「コスチューム女性連続殺人の犯人。あんたの小説通りに犯行を重ねてる犯人だよ」

「まさか……冗談はやめろ」

「本当に俺が殺ったんだ。俺のおかげであんたも名前が売れてよかっただろ」

「悪戯電話に付き合っている暇はないよ」

「悪戯じゃない。俺が最初に警察に電話して、事件と小説の類似性を教えてやったんだ」

松井は黙り込んだ。男がいったことは、報道されていないはずだった。

男はまた低く笑った。「どうやら信用したらしいな」

「ど、どうしてあんなことを……じ、自首しろ」

「俺が自首したら、あんたのいい夢も終わりだぜ。世間の連中は飽きっぽくて忘れっぽいからな。もう一度売れない作家に戻りたいのかい」

本心を見抜かれ、松井は言葉を失った。それでまた男は悪意に満ちた笑い声をたてた。

「電話したのはほかでもない。あんたと取引したいからだ」

「取引？」

「俺の要求はこうだ。今度の小説で、チアガールを殺してほしい。殺し方は絞殺だ。自分の部屋で、チアガールの衣装を身に着けた状態で殺されているんだ」

「ちょっと待ってくれ。どうして僕があんたのいう通りに書かなきゃいけないんだ」

「話は最後まで聞きなよ。あんたがそんなふうに書いてくれたら、今度もまた俺はその通りにチアガールを殺す。そうしたら、またしても世間が騒いで、あんたの小説と名前が注目を浴びること間違いなしだ。どうだい、悪い話じゃないだろう。これまでは、俺があんたの小説通りに殺す相手を選んできた。だから今度は、俺が殺す通りにあんたが小説を書くわけだ」

「ふざけるな。そんなことできるもんか」

「おや、そうかい。すると次の事件は、あんたの小説とは全く無関係なものになるわけだ。つまりこれまでが単なる偶然にすぎないってことになる。そうするとどうだろうねえ、今まで群がってきたテレビの連中なんかも、途端にあんたに対する興味をなくすんじゃないかねえ」

松井は反論が思いつかなかった。男のいうことは、たぶん正しかった。

「まあ、ゆっくり考えることだねえ。とにかく現実の世界では、次に殺されるのはチアガールだ。それを忘れるなよ」そういい残して男は電話を切った。

5

『小説金潮』の発売日は毎月二十日である。『殺しのコスチューム　第四回』が掲載された同誌が発売される日の朝、いくつかの書店の前に珍しく行列が出来た。こんなことが起きるのは人気アイドルがヌード写真集を出した時ぐらいのものだ。各書店の店員たちでさえ面食らった。

『小説金潮』を買った人々が最初に開いたのは、もちろん『殺しのコスチューム』のページだった。今度はどういう女性が殺されているのか、それが彼等の一番の関心事だった。

そしてそれはチアガールだった。マンションの自室で、制服を着たまま絞殺されているというのが、今回描かれた状況だった。それを知り、多くの女性たちは安堵した。とりあえず今月は自分が狙われる心配がないと思ったわけだ。無論、一部の女性たちは震撼した。いうまでもなく、チアガールたちである。

「いろいろな大学や高校から苦情が来たよ。チアガール部に所属していた女の子たちが、怖がって退部してしまうとかいってね。もちろん突っぱねた。犯人が小説を真似るのは、こっちの責任ではないからな。ともあれ、反響はすごい。小説誌がこんなに売れたのは何十年ぶりだろうって、皆で話しているところだよ」電話で話す遠藤の声は弾んでいた。彼は最後に付け加えた。「後は、いつ実際の事件が起きるか、だよな。聞くところによると警察は、大学や高校のチアガール部に見張りをつけているらしい。犯人がその網をくぐれるかどうか、そこが問題だな」遠藤は明らかに犯人に肩入れしていた。

その遠藤の願いが叶ったのは、『小説金潮』が発売されてから四日目のことだった。

杉並区のマンションの一室で、女子大生が死んでいたのである。小説に描かれた状況と全く同じで、チアガールの衣装を着たまま、ベッドで首を絞められていた。

先月と全く同じことが繰り返された。すなわち刑事が松井のところへやってきて根ほり葉ほり事情聴取し、次にはマスコミ関係者が詰めかけた。ただしその人数は倍増していた。

松井清史の名前はすっかりメジャーになり、本は売れ続けた。単行本がそれぞれ十万部を突破した。原稿料もはねあがり、仕事も殺到した。テレビの出演依頼も相次いだ。

そんな時、またしてもあの男から電話があった。

「俺のいうとおりにして正解だっただろう。今やあんたは押しも押されもせぬ売れっ子作家だ。おめでとう」皮肉っぽい口調で男はいった。「早速だが、次の標的を指示したい」

「もうこのあたりでやめたらどうだ」松井はいった。

「おいおい、自分だけ甘い汁を吸って、おしまいにしようってことかい。それは虫がよすぎるというものじゃないか」

「あんただって危険だろう。いずれ捕まるぞ」

「だから捕まらないように、こうして取引しているんじゃないか。悪いが、まだまだ罰を与えなきゃならん女がいるんだ。ちょっとばかり容姿がいいことを鼻にかけて、人を傷つけても何とも思わない馬鹿女がな」

男の台詞を聞いて、なるほど、と松井は合点した。どうやらこの男は被害者たちに袖にされたらしい。しかも、かなり惨めなふられ方をしたのだろう。だがふつうにその相手を殺していったのでは、警察が被害者たちの共通点――同じ男をふっているという点――に気づくおそれがある。そこで小説のストーリー通りに犯行を重ねる異常者の仕業に見せかけることで、自分に嫌疑がかかるのを防ごうとしているのだ。たぶん松井の小説の予告編を読んで思いついたに違いない。

男はいった。「次は会社の受付嬢だ。行方不明になって、山中で死体となって発見される。もちろん服装は受付嬢の制服だ。今度も絞殺でいこう。首にはエルメスのスカーフが巻かれていたってのはどうだい」

「各方面から圧力がかかり始めているんだ。小説をしばらく休載にしろとか、せめて殺人シーンを描くなとか、いろいろといわれている。次も自由に書けるかどうかは僕にもわからない」

「おや、おたくたちお得意の、言論の自由という言葉はどこにいったんだい」

「そうはいっても――」

「とにかく俺のいうとおりに書け。書かなかったら、俺とあんたが組んでるってことを世間にばらすぜ。じゃあな」男は一方的に電話を切った。

受話器を持ったまま、松井は途方に暮れた。

小説を書かないよう各方面から圧力がかかっているというのは事実である。今のところ金潮社では自粛するという方針は出していない。だがいつそうなるかはわからなかった。またいろいろな業界から、自分たちに関する職業の女性を小説中で殺さぬよう、金潮社に嘆願書が来ているらしい。航空会社やモデル事務所などからだ。

しかし松井としては男の指示に逆らうわけにはいかなかった。男との取引のことがばらされれば、せっかく得た地位だけでなく、作家生命そのものを絶たれるに違いなかった。

三日後、またしても刑事たちがやってきた。

「次の小説のストーリーはもう決まっているんですか」元木刑事が訊いた。

「いえ、まだこれから考えるところです」

「それなら、どうでしょう。我々の希望をきいてくれませんか」

「休載しろとか、殺人シーンを出すなとかいう希望なら、きくわけにはいきませんよ」

松井の言葉に刑事は渋い顔をした。

「おたくだって自分の小説通りに人が殺されて、いい気分はしないでしょう。今回だけでいいです。どうか殺人シーンは書かないでください」

「あなたのいっていることは、言論統制以外の何物でもありません。到底きけませんね」

「どうしてもだめですか」

「お断りします」

「仕方がありませんな」元木はため息をついた。「では、次にどういう女性を殺すつもりなのかということだけでも教えていただきたい。それがわかれば、事前の防御もやりやすくなる」

刑事の質問に松井は困惑した。本当のことをいえば、犯人が犯行をやりにくくなるかもしれない。下手をすれば逮捕されてしまうかもしれない。

「……スチュワーデスです」考えた末に彼は答えた。

「なるほど。制服女性の定番ですな」刑事たちは納得した顔で帰っていった。

次の月の二十日、例によって『小説金潮』が発売された。もちろん、『殺しのコスチューム　第五回』で殺されたのはスチュワーデスではなかった。一流企業受付嬢の死体が山中で発見されるという筋だった。

そしてその小説通り、『小説金潮』発売の五日後、秩父(ちちぶ)の山中で某商社に勤務していた受付嬢の死体が見つかった。死体はエルメスのスカーフで首を絞められていた。

凶器もまた小説のままだった。

6

「さすがに世間の目が厳しくなってきた。それでまあ、社としても、そういう決定を下さざるをえなかったわけだ。不本意だと思うし、私だって残念だが、諦めていうとおりにしてくれ」遠藤が顔をしかめながらいった。

ついに来るべき時が来たという感じだった。小説中には当分殺人シーンは書かないでくれと金潮社側がいってきたのだ。

「権力に屈するわけですか」松井はいった。

「あくまでも自粛だよ。まあ、君の知名度は充分に上がったし、単行本も売れた。『小説金潮』も、おこぼれにあずかった。そろそろ手を引いてもいい頃じゃないかね」

「『殺しのコスチューム』を完結させるには、まだ殺人を起こす必要があるんです」

「そこを何とかするのがプロの書き手だろう。警察も、次の原稿が出来次第、見せてほしいといってきている。あまり連中を無視するのも得策じゃない。君は先月、殺されるのはスチュワーデスだと刑事にいったそうじゃないか。それで警察じゃ、殆どすべてのスチュワーデスに見張りをつける手筈を整えていたらしい。ところがいざ本が出てみたら受付嬢に変わっている。捜査が完全に後手に回ってしまったと、ずいぶん恨み言をいわれたよ」

「急遽、気が変わって、スチュワーデスから受付嬢に変えたんです」

「それはまあいいよ。とにかく今度は殺しのシーンはなしだ。いいな」そういって遠藤は帰っていった。

松井は悩んだ。犯人が承知してくれるとは思えなかったからだ。

そしてこの夜、犯人から電話があった。今度はバスガイドを殺せという指示だった。

「断崖絶壁から突き落とされて殺されるんだ。頭が割れて血が吹き出るとか、なるべく残酷な描写をしてくれ」犯人は明らかに楽しんでいた。

松井は受話器を手に呻いた。指示を無視すれば犯人によって真相が暴露される。といって、殺しのシーンを書くことは許されない。

一つの考えが浮かんだ。彼は訊いた。「実際には、どこで殺すつもりなんだ」

「そんなことを訊いて、どうするつもりだい」

「小説に出す場所は、そことは全く違う場所にしたい。警察の連中が原稿を見たら、二十日以前から張り込むだろう。僕もあんたに捕まってほしくないからね」

「なるほどな。わかった、教えてやろう。俺がバスガイドを殺すのは――」犯人はその場所をいった。福井県にある、有名な景勝地だった。

この夜から松井は小説を書き始めた。そこに殺人シーンは出てこなかった。

7

『小説金潮』発売を明日に控えた十九日、松井は福井県に来ていた。もちろんここへ来ることは誰にもいっていない。そして夜になるのを待って、問題の崖にやってきた。

ごつごつした岩が日本海に突き出している。数十メートル下で波の砕ける音がする。少し歩くだけで足がすくんだ。

しばらくすると人影が現れた。若い女だった。バスガイドの格好をしている。やはり思った通りだと松井は頷いた。犯人は警察の裏をかいて、『小説金潮』発売の前日に殺人を行おうとしているのだ。

バスガイドは松井を見て、ちょっと意外そうな顔をした。

「あたしを呼び出したのはあなたですか」

どうやら犯人に呼び出されて、ここへ来たらしい。

「ここにいてはいけない」松井はいった。「すぐに宿に戻りなさい」

「えっ、でも……」

「戻るんだ。命が惜しいのならね」

松井の語気に圧倒されたのか、バスガイドはあわてた様子で去っていった。それを見送って松井は安堵した。とりあえず第一関門突破だ。

後は犯人が来るのを待つだけだ。そして犯人が来たならば――。

松井はおそるおそる崖の下を覗いた。犯人が現れたなら、何とかしてここから突き落とさねばならない。そう、自殺に見せかけるのだ。

彼は今回自分が書いた小説の内容を反芻した。じつは今回が『殺しのコスチューム』の最終回だった。その中で犯人は、崖から飛び降りて自殺をするのだ。

今日ここでうまく犯人を突き落とすことができれば、警察はきっとこう考えるだろう。犯人は小説通りに犯行を重ねてきた。ところが最終回で犯人が自殺してしまったので、それを真似て自分も死ぬことにした、と。

松井は海に向かって、にやりと笑った。何と自分は頭がいいんだろうと悦に入った。

その時だ。すぐ背後に気配を感じた。

「よくも裏切ったな」

聞き覚えのあるその声を耳にすると同時に、松井は背中を押されていた。

「驚いたなあ、まさか彼が犯人だったとは夢にも思わなかった。でも考えてみたら、あり得ることではあったんだよなあ。とにかく彼は自分の知名度を上げることに躍起になっていたからねえ」編集部の机に尻を載せ、遠藤は後輩たちにいった。

「自分の本の通りに事件が起きれば、名前が売れると思ったわけですね」女性編集者が訊く。

「まあそういうことだ。それを考えると、ちょっと責任を感じちゃうね。何とか話題にならなきゃいけないとプレッシャーをかけすぎたのかもしれない」

「でも自殺することまで小説内で予告しておくなんてねえ」

「そうなんだよな。あの最終回の原稿をもらった時には、まさかあれが彼の遺書になるとは想像もしなかったよ」

超長編小説殺人事件

『砂の焦点』最終部

1

「以上が私の推理です」

和賀（わが）は低い声で推理を締めくくった。そして改めて佐分利（さぶり）夫人を見つめた。

夫人は目を伏せたままだった。沈黙が二人を包んでいた。

しばらくして彼女は口を開いた。

「よく、おわかりになりましたね。やっぱり、あなただったわ」

「私……とは？」

「真相を見抜くとすれば和賀さんしかいない、そう思っていたんです。あたしの勘は正しかった」

「佐分利さん」和賀は一歩近づいた。「自首してください」

「ごめんなさい、それはできないの」そういうと彼女はゆっくり後ずさった。崖の縁まで、あとわずかしかない。

「佐分利さん……英子さんっ」

和賀の声を聞き、佐分利英子は静かに微笑んだ。

「はじめて……名前を呼んでくださいましたわね」

和賀はもう一歩足を踏み出そうとした。しかし遅かった。佐分利英子は微笑を唇に残したまま、ふわりと身体を宙に投げ出した。

「英子さんっ」

和賀は叫んだ。つい今まで彼女が立っていた場所に駆け寄った。すぐに崖下を見ようとしたが身体が動かない。それでも躊躇いながら見下ろした。

数十メートル下の岩場で、佐分利英子は両手を広げるようにして倒れていた。血にまみれていた。

赤い花びらのように見えた。


（了）

葛原万太郎はパソコンの画面を見て何度も頷いた。よく書けている、と自分でも思った。三年ぶりの書き下ろし小説だったが、うまく仕上がったと満足していた。

この原稿は昨日のうちに編集部に電子メールで送ってある。担当の小木もすでに読んでいるはずだった。

煙草に火をつけようとした時、電話が鳴った。

「はい、葛原ですが」

「あ、葛原先生。金潮社の小木です。『砂の焦点』のお原稿、ありがとうございました」

「ああ、無事届いたかい。読んでもらえたのかな」

「読みました。いつもながらの見事な展開、感服いたしました。じつは昨日と今日の二日をかけて読もうと思っていたのですが、面白さに引きずられて、とうとう徹夜で読んでしまいましたよ」

「へええ、そうなの。それはよかった」

小木は口のうまい男である。どうせお世辞だろうとは思うが、褒められて悪い気はしない。葛原はパソコンの前で一人ふんぞりかえった。

「特にラストシーンは感激しました。いやあ、切ないお話でしたねえ」

小木の褒め言葉は続く。葛原は謙遜しながらも相槌を打った。

「じゃあ、後はゲラになるのを待つだけだね。今後の予定はどうなっているのかな」

上機嫌のまま葛原は訊いた。

ところがここで少し雲行きが変わった。

「えーと、じつはそのことなんですが」小木の声のトーンが下がった。

「何だ。何か問題があるのか」

「いえ、問題ということはないんです。『砂の焦点』の内容については、編集長も大変気に入っております。ただ、あの、枚数のことでちょっと御提案が……」

「枚数のこと？」

「はい。じつはこちらのほうで枚数を数えましたところ、『砂の焦点』は四百字詰め原稿用紙で八百枚ちょっとなんです」

「うん、そんなものかもしれないな」

「それがですね、ええと、もう少し何とかならないか、と編集部では話しているんです」

「何とかって……減らせっていうのかい？　そりゃあねえ、八百枚は多いかもしれないけれど、この話にはどうしてもこれだけの分量が必要なのであって」

「いえいえいえいえ」小木は葛原の言葉を遮った。「そうではありません。多いと申し上げているのではありません。逆なんです。もう少し増やせないでしょうか、という御相談なのです」

「増やす？　どうして？」

「先生。我々としましては、何とかこの『砂の焦点』を今年の話題作にしたいのです。そしてこの作品をきっかけに、葛原先生には一層飛躍していただきたいのです」

小木の口調が妙に熱っぽくなった。彼のいいたいことは葛原にはよくわかった。デビュー以来約十年間、主に金潮社で仕事をしてきた。金潮社はいろいろな面で彼のことをバックアップしてくれた。いずれは売れっ子作家になると思ったからだろう。だがその思惑は今のところ外れている。葛原は売れていなかった。本を出したとしても、わずかでも増刷すれば上出来、大抵の場合は初版止まりという状況が続いていた。葛原自身、この久しぶりの長編小説『砂の焦点』も同様の結果に終わるのだろうと覚悟している。

しかしそのことと作品の枚数と、どういう関係があるのだろう。そのことをいうと、小木は力強い口調で、「枚数は大切です」といった。

「先生は最近の話題作の傾向を御存じですか。どれもこれも弁当箱みたいに分厚い本です。原稿用紙千枚なんてのはザラなんですよ。そんな中にあっては、八百枚程度の本は目立ちません。超大作という感じがしないんです。これだけ膨大な数のミステリが出版されている現状では、どんな手を使ってでも目立たなきゃいけません。書評家の先生方だって、出版される本すべてに目を通すことはできませんから、より力が入ってそうなものを優先します。となると、分厚い本に手が伸びてしまうのは当然じゃないですか」

小木のいっていることは葛原も感じていた。新人賞の規定枚数が増えていることにも気づいている。

「そんなことといっても、無理なものは無理だよ。『砂の焦点』は、あのシーンで終わりなんだから。あれ以上、話を続けることなんてできないよ」

「いえ、話を続けてくださいとお願いしているのではないんです。枚数を増やせないでしょうかと御提案しているのです」

「よくわからないな。具体的にどうすればいいわけ？」

「具体的にはですね」小木はさらに声を低くした。「内容は今のままでいいんです。何も変える必要はありません。ただ、現在二行で描いているところを三行で、三行で表現しているところを四行で、という具合に少しずつ増やしてくだされぱいいんです。そうしますと塵も積もればというわけで、全体的にかなりの枚数アップになるはずです」

　要するに、まんべんなく水増ししろということらしい。

「そんなことして、間延びした小説にならないかなあ」

「大丈夫です。最近の読者は長ったらしい小説に慣れています。少々だらだら書いても辛抱強く読んでくれます。それよりも読者は、単価と分量を気にしています。同じ二千円の本を買うなら、長い作品のほうが得だと考えているのです」

「ふうん、そんなものなのか」小木にいわれているうちに、葛原はだんだんとその気になってきた。「それで、一体何枚増やせばいいんだ。やっぱり、千枚の大台に乗せたいわけ？」

「とんでもない」小木が頓狂な声を出した。「近頃じゃ、千枚なんて大長編とはいいませんよ。先生、ここはひとつ二千枚を目指しましょう。葛原万太郎、渾身の二千枚。これをキャッチフレーズにしましょう」

2

『砂の焦点』最終部（改稿後）

「以上が私の推理です」

和賀は低く響く声で長い推理を締めくくった。これほど長く語るのは学生時代の弁論大会以来だった。しかし今の彼はあの時以上に疲れていた。肉体が疲れているのではない。心が疲れ果てているのだ。

彼は改めて佐分利夫人を見つめた。

紬の着物を着た夫人は目を伏せたままだった。長い睫が少し光っているように和賀には見えた。重い沈黙が二人を包んでいた。風の音と日本海の波の音が、彼の心を揺さぶり続けていた。このまま世界が終わってしまえばいいと彼は思った。

どれぐらいの時間が経っただろう。たぶんそれほど長い時間ではなかったに違いない。しかし和賀にとっては、ひどく長い時間のように思えた。しばらくして夫人は、薄く上品に口紅をひいた口を開いた。

「よく、そこまで見事にあたしの殺人計画を見破りましたね。やっぱり、あなたは運命の人だったわ」

「運命の人？　私が？　どういうことですか。教えてください」

「事件の真相を見抜くとすれば和賀さんしかいない、そう思っていたんです。初めてお会いした時から、そんな気がしていたんです。ああ、きっとこの人はあたしにとって運命の人なんだって。そのあたしの勘は正しかった」

「佐分利さん」和賀は一歩近づいた。「今からでも決して遅くはありません。人生をやり直すことはできます。どうか……どうか自首してください」

「ありがとう、和賀さん。あなたはこんな時でもあたしのことを考えていてくださるのね。だけどごめんなさい、それはできないの。あたしは自首するわけにはいかないのよ。許してちょうだい」

そういうと彼女はゆっくりと後ずさった。崖の縁まで、あとわずかしかない。その下では、荒々しい日本海が、獲物を待つ獣のように口を開けて待っているはずだった。彼女がその獣の餌食になろうとしていることは明らかだった。

「待ってくれ。馬鹿なことをしちゃいけない。あなたがそんなことをして何になるんだ。やめてくれ、佐分利さん……英子さんっ」

風を裂くように和賀の必死の声が響いた。それを聞いて佐分利英子は、レオナルド・ダ・ヴィンチの描いたモナリザのように静かに微笑んだ。

「うれしいわ。はじめて……はじめてあたしの名前を呼んでくださいましたわね。あたしはそれをずっと待っていたんです。これでもう何も思い残すことはなくなりました」

和賀はさらにもう一歩足を踏み出そうとした。しかし残念ながら遅かった。佐分利英子はモナリザの微笑を唇に残したまま、宇宙飛行士が宇宙遊泳に挑むように、あるいはバンジージャンプでもするかのように、ふわりと身体を宙に投げ出した。

「英子さんっ」

和賀は叫んだ。喉も裂けよとばかりに叫んだ。だが彼の叫びも、空しく風に飲み込まれた。佐分利英子の姿はすでになかった。彼は、ほんの数秒前まで彼女が立っていた場所に駆け寄った。

彼女がどうなったかと思い、彼は崖下を見ようとした。ところが身体が動かなかった。彼女がどうなったかは見るまでもないことだった。こんなところから飛び下りて、助かるはずがなかった。下で彼女がどうなっているのかを確かめるのが怖く、彼は動けなかったのだ。しかしいつまでも現実から逃げているわけにはいかなかった。いつかは見なければならないものだった。彼は心を決め、おそるおそる見下ろした。数十メートル下の岩場で、佐分利英子は両手を広げるようにして倒れていた。上から見ると、漢字の大の字に見えた。和賀は京都の大文字焼きを見たことがある。あれを思い出させる姿だった。だがその大の字は血にまみれていた。彼女は多量の出血をしているようだ。あれでは助からない、即死だろうと和賀は思った。

血塗(ちまみ)れの彼女の姿は、赤い花びらのように見えた。


（了）


喫茶店で『砂の焦点』に目を通し終えた葛原は、本を閉じ、少しさめたコーヒーを啜(すす)った。

あまりいい気分ではなかった。憂鬱(ゆううつ)だった、というべきだろう。

彼は淡いブルーの表紙を見た。黒色の帯がかかっていて、そこには小木がいったように、『葛原万太郎　渾身の二千枚大作！』という文字が入っている。

たしかにこの小説は原稿用紙にして約二千枚の分量がある。正確にいえば千八百八十三枚だ。小木は、何とかもう少し増やしてくれといったが、これ以上の水増しはとても無理だった。元々の作品が八百枚ちょっとなのだから、水増し分だけで千枚だ。よくここまでやれたものだと自分では思っている。

出来上がった本を改めて読み直し、相反する二つの感想を葛原は抱いていた。

一つは、結構できるものだな、ということである。

今まで彼は、自分に大長編小説は書けないと思っていた。それは能力の問題ではなく、才能の種類の問題だ。自分が思いつくアイデアやプロットといったものは、せいぜい数百枚の作品に仕上げられるもので、千枚や二千枚もの作品にはとてもならないと考えていた。だから、そういった作品を次々に発表する作家たちは、元々思いつくストーリーのスケールが大きく、いやでもそんな枚数になってしまうのだろうと信じていた。

そうでもないのかもしれないぞ、というのが今の葛原の心境だった。無論、実際にそれだけの枚数を要する作品も中にはあるだろう。しかし、もっと短くまとめられるものをわざと長く書いたという作品も少なくないのではないか。小木のいうとおりだ。一行で書くべきところを二行で書くようにすれば、全体の枚数は二倍になるのである。分厚いほうが大作のような感じがして読者の目を引きやすいとなれば、意図的に枚数を増やそうとする作家が出てくるのは当然のことだ。

しかし自分の本を読み直しての葛原のもう一つの感想は、やっぱり水増しはだめだな、ということだった。

ラストの主人公和賀が犯人佐分利英子を追いつめるシーンだけでも、原稿用紙にして二枚半ほど増やしてある。内容は殆ど変わらないが、枚数だけは倍以上になっているのである。だがそこのところを読んでみると、やはり間延びした印象がある。くどくどと意味のない描写や台詞が入るので、テンポの悪いことこの上ない。単に「微笑み」を表現するのにレオナルド・ダ・ヴィンチまで引っ張り出してきてどうするんだ、と自分に突っ込みを入れたくなる。

しかも、これだけ水増しして売れ行きがよかったのならいいが、現実には――。

そこまで考えた時、小木が目の前に現れた。

「やあ、どうも、遅れてすみません。おや、『砂の焦点』ですか。御自身の力作を眺めて、感慨にふけっておられるというわけですね」

「冗談じゃないよ。こんなことしなけりゃよかったと後悔してるところだ」

「えっ、どうしてですか」意外そうに小木は眼鏡の向こうの目を丸くした。

「だってこれ、どう読んでも間延びしてるぜ。枚数のわりに内容が薄いって感じだ」

「何をいってるんです。読者にとっては内容の濃さなんか関係ありません。とにかく枚数です。文字の書いてあるページがいっぱいあればいいんです」

「そんなこというけど、この本、全然売れないじゃないか。千枚も書き足したのにさ」

「それは誤解です」小木はやけに強い口調でいった。「もし書き足さなければ、もっと売れてなかったというのが私の見解です」

「そうかなあ」

「いいでしょう」小木は立ち上がった。「それほど疑うのでしたら、証拠をお見せしましょう。一緒に来てください」

小木に連れられて葛原が行ったところは、都内でも指折りの大型書店だった。ここで売り上げベストテンに入れば、十万部突破は堅いといわれている。

「ここを見てください」そういって小木が指したのは新刊コーナーだった。最近出されたハードカバーがずらりと並んでいる。葛原の本も、目立たないところにではあるが、辛うじて置かれていた。

「これがどうかしたのか」

「よく見てください。帯をです」

いわれて葛原はそれぞれの本の帯に目を向けた。そして、あっと小さく声を漏らした。「どうです、おわかりになったでしょう。出版界がどういうことになっているか」

小木は勝ち誇ったように鼻を膨らませた。

葛原は頷かざるをえなかった。そこに並んでいる帯の文句は次のようなものだった。

『人間の暗部に迫る超大作　片村ひかる　怒濤の二三〇〇枚』

『驚異のパニックサスペンス誕生　道場秀一　書き下ろし一五〇〇枚！』

『冒険小説の金字塔完成　二五〇〇枚　出船俊郎』

『これぞ本格！　これぞミステリ！　驚天動地の大トリック！　高屋敷秀麿　二八〇〇枚』

ほかにもまだまだある。どれもこれも競うように枚数の多さを謳っている。しかもいずれも千枚以上だ。二千枚を超えているものも少なくない。

「何てことだ」葛原は唸った。「五百枚、六百枚の作品というのは、もう書かれてないのか？」

「いえ、全くないというわけではありません。こっちを見てください」小木は奥の棚のほうへ行った。主にミステリが並んでいる棚だ。「このあたりが、そういった作品のはずです」

　指されたところを葛原は見た。たしかに先程の大長編小説のグループよりは、ずいぶんと薄い本がそこには並んでいた。いや、薄いといっても、以前はそれがふつうだったはずなのだ。

「目立たないところに置いてあるんだな」

「それはそうです。書店としては、売れない本を目立つ場所に置いても意味がないですからね。それより葛原さん、これを見てください」そういって小木は本棚の隅を指した。そこにはプレートが差してあった。本を著者ごとに分類する時のプレートだ。ところがそこには著者名は書かれていなかった。代わりに書いてあったのは、『～5

00』、『500〜750』、『750〜1000』という数字だった。

「これはもしかすると……」

「そうです。枚数ごとに分類されているのです。そして千枚未満の本は、たとえ新刊であっても、店頭に並べてもらえないのです」

「なんと……」

「これでわかっていただけたでしょう。葛原さんの『砂の焦点』も、もし最初の枚数のままだったら、今よりももっと売れていなかったはずなのです」

3

葛原は小木と共に先程の喫茶店に戻ってきた。元々今日はここで次作についての打ち合わせをすることになっていたのだ。

「いや、参ったな。大長編流行り(ばやり)だとは思っていたが、まさかあんなことになっているとは思わなかった」

「最近は本が売れませんからね、どの作家も少しでも目立とうと必死なんですよ。それに超大作というイメージを打ち出したほうが、文学賞の候補なんかにも残りやすいという傾向があるようです」

「ふうん、そんなものなのかな」葛原は今ひとつぴんとこない気分のまま、煙草を取り出した。「良い作品を書き続けていれば、いずれは売れると思ってたんだけどね」

「葛原さん、それは甘いです」小木は断固とした口調でいった。「その作品が良いか悪いかは、読んでみなくちゃわかりません。そして読者に読ませるには、とにかく大長編でなきゃならんのです。分厚い本でなきゃいけないんです」

「そうなのかな。まあ、さっきの書店を見たかぎりでは、どうやらそういう事態のようだね」葛原はゆったりと煙草を吸った。

「そんなにのんびり構えてもらっちゃ困ります。葛原さん、次の作戦を練りましょう。書き下ろしを一つ上げたぐらいで安心してちゃいけません。すぐにでも次作に取りかからないと、来年の刊行に間に合いませんよ」

「せっかちだね。まだ今年が始まったばかりじゃないか」葛原は苦笑した。

「何をいってるんです」小木はテーブルを叩いた。「次に書く作品のことを考えたら、今すぐ始めても遅いぐらいなんですよ」

「次に書く作品って、まだ何も決めてないじゃないか」

「内容は決まってません。でも、枚数は決まっています」

「えっ？」

「書店に並んでいる本を見たでしょう。今では二千枚を超える本でも目立たないんです。今回私は葛原さんに、千枚の書き足しをお願いしました。でも、それではやはり少なすぎたと反省しています。次はさらに上を行きましょう。三千枚。それが最低のノルマです」

小木の言葉を聞いて、葛原は椅子からずり落ちそうになった。

「三千枚っ。それはいくら何でも無理だよ」

「何が無理なんです。いいですか。若手の二月堂隼人さんは、総枚数五千枚を超える作品に着手したという話です。完成すれば本格推理小説としては世界最長だそうです。また女流の夏野キリコさんも、総数が八千枚の四部作を執筆中だという話です。世の中にはそんな人もいるというのに、たかが三千枚でびびっててどうするんですか」

五千だの八千だのという話を聞き、葛原は呆然としてしまった。少し前までは、その十分の一の枚数で、充分に長編小説として通用したはずだ。

みんなよく書けるよなあと純粋に感心してしまう葛原だった。

「そういわれても、三千枚分のストーリーを考えるとなると大変だよ」

「そこを何とかするのがプロじゃないですか」

だとしたら俺はプロじゃないかもしれないと葛原は思った。

「じゃあ次作については一から考え直さなきゃならないわけだな。じつは自分としては、今度はこういうテーマでいこうというものがあって、今日はその話を聞いてもらうつもりだったんだけどね」

「あっ、そうだったんですか。では、それを聞かせていただけますか」

「いや、それは無意味だ。どう考えても、そのテーマじゃ三千枚なんていう大長編にはならない。五百枚がいいところだよ」

「そんなことはわかりませんよ。とにかく一度伺わせてください」小木は自分の手帳を取り出し、メモを取る体勢に入った。

葛原は少し迷ったが、話すことにした。金潮社では書かないことになるかもしれないが、小木がよそに漏らすことは考えられなかった。

「そこまでいうなら話すけどね、今度の作品では野球を扱おうと思っているんだ」

「ははあ、野球。ベースボールですか。いいじゃないですか」

「プロ野球じゃないよ。高校野球だ。無名の弱小チームが、一人の天才的な投手と彼の親友である捕手との活躍で甲子園にまで出場するというのが導入部だ。そのチームは結局、強豪に当たって惜敗するわけだけど、甲子園から帰って間もなく、捕手が何者かによって殺される。捜査に当たった刑事は、事件について調べるうちに、天才投手の意外な秘密に気づく。ところが今度は、その投手が殺される——まあ、こんなところだ」

「面白そうですね。それはいけますよ。それでいきましょう」どこまで深く考えているのかは不明だが、小木は浮かれた声でいった。

「そういってくれるのはありがたいけど、この話じゃ、どうひねくってもそんなに長い話にはならんよ。登場人物は少ないし、事件の起きる範囲も狭い。五百枚がせいぜいだよ」

　ところが小木は大きくかぶりを振った。

「そんなふうに決めてかかっちゃいけません。五百枚だと思うから、それでおさまっちゃうんです。三千枚。最初から三千枚書くつもりで始めてください。『砂の焦点』だって、後から千枚増やせたじゃないですか」

「また水増ししろってのか。勘弁してくれよ。『砂の焦点』は八百からプラス千枚だったから、内容が二倍ちょっとに薄まっただけだが、本来五百のものを三千にするとなれば、六倍に薄めることになる。そんな小説を読者が喜ぶかね。大体、話のテンポがのろくなりすぎるだろう」

「そんなことを心配する必要は全然ありません。それに水増し、水増しとおっしゃいますが、悪いことばかりではないでしょう？　描写が濃密になるという言い方だって出来るんじゃないですか」

「濃密になる、ねえ……」

　くどくなる、のほうが適切じゃないかと葛原は思った。

「それともう一つ、最近の大長編小説には、ある共通点が存在します。それは、情報小説としても読めるということです。いろいろな業界の内幕とかを、緻密に描いたりするわけです。その情報部分だけでも、かなりの枚数を占めています」

そのことは世事に疎い葛原も感じていた。

「そうかもしれないけど、今度の作品にそういった要素を盛り込むのは難しいよ。特殊な業界が出てくるわけじゃないからな」

「業界の内幕というのは、たとえばの話です。高校野球の世界を扱うにしても、情報小説としての要素は持たせられるはずです」

「そうかなあ」葛原は首を捻った。

とにかく、と小木はいった。

「少し書いてみてください。それを見せていただいてから、もう一度話し合うということでいかがですか」

「まあいいよ」

三千枚は絶対に無理だけどなと思いながら、葛原は頷いた。

4

『曲球(くせだま)』

牟田(むた)高志は甲子園の中心にいた。

その日の甲子園は快晴だった。空はブルーのペンキを塗ったようだった。真夏の日差しが赤茶色の土に、そして緑の芝生に注がれていた。

マウンド上の高志にとっては、その太陽光は見えない敵だった。皮膚がじりじりと焼けていく感覚がある。さらに地面からの照り返しが彼を苦しめていた。全身から汗が吹き出している。スタミナには自信のある高志も、さすがに消耗していた。頭がふらふらし、立っているのがやっとという状態だ。

スタンドの観衆も、彼にとっては敵だった。彼等の大多数は地元の南陽高校を応援している。彼等にとっては地方から来た無名校のエースなど、一刻も早く打ちのめしたい存在に違いなかった。

そして高志にとっての最大の敵はバッターボックスにいた。

九回裏、二死満塁だった。カウントはツー・スリー。

運命の一球を高志は投じた。

「えっ」そこまで読んだところで小木は顔を上げた。「もう投げちゃったんですか」

「うん？どういう意味だい」葛原は訊いた。

彼は金潮社の編集部に来ていた。新作『曲球』が百枚ほど書けたので、それを小木に見せることにしたのだ。

「だってこの一球というのが、この小説の最大の鍵なわけでしょう？　それを、こんなに早く見せちゃうのはまずいですよ。まだ原稿用紙にして一枚だ。もっと引っ張らないと」

「そういわれてもなあ」葛原は頭を掻いた。「これでも自分としては結構書いたつもりなんだぜ。もっと引っ張れといわれても、書くことなんか何もないよ」

「葛原さん、それがいけないんです」じれったそうな顔で小木はいった。「今までのパターンだとかリズムは忘れてください。前にもいったじゃないですか。今の小説には情報小説の要素が必要だと。失礼ですが、今読ませていただいたかぎりでは、私の意見は無視されたとしか思えません」

「いや、無視する気はないよ。だけど、そこまでの間にどんな情報を入れろっていうんだい。入れるものなんか何もないじゃないか」

するとこ木は両目を指先で押さえ、ゆっくりと首を振った。

「わかりました。では、盛り込むべき情報は私が用意します。葛原さんは、その内容を何とか小説に溶け込ませてください。そうして、主人公が運命の一球を投げるまでの間に、原稿用紙で最低百枚は書いてください」

「えーっ」葛原はのけぞった。「一枚を百枚にするのか」

「何をいってるんです。百枚ぐらいでひるまないでください。この先、あと二千九百枚あるんですからね」はっぱをかけるように小木はいった。

翌日、小木から小包が届いた。開けてみると資料だった。彼がいっていた小説に盛り込むべき情報らしい。

葛原はそれを読んで仰天した。すぐに編集部に電話した。

「おい、いくら何でもあれはひどいんじゃないか」

「何がひどいもんですか。ほかの作家さんのやってることも似たようなもんです。とにかく枚数を稼げば勝ちなんですから」

「そうかなあ」

「そうなんです。葛原さん、私を信じて書いてください。書いて書いて、書きまくってくださいっ」目の前にいたら唾の雨が飛んできそうな小木の口調だった。

葛原はパソコンの前に座り、改めて資料を眺めた。こんなのでいいのかなあと思いながら、彼はキーボードを叩き始めていた。

『曲球』（改稿後）

大阪の阪神梅田駅から特急に乗って約十二分のところに甲子園駅というのがある。甲子園という名の野球場がある駅だ。甲子園球場へは徒歩で二、三分というところだろうか。

野球場というのは、その名の通り野球をする場所である。

野球とはアメリカで発達したスポーツで、ベースボールというのが本来の呼び名だ。一八九四年に訳語として野球という名称が使われることになった。投手、捕手、一塁手、二塁手、三塁手、遊撃手、左翼手、中堅手、右翼手の九人が一つのチームを構成している。試合は二チームが、交互に攻防の位置について得点を争う。攻撃側は順次に相手投手の投げる球を打ち、一塁、二塁、三塁と進み、最後に本塁へ帰った場合得点となる。各チームは九回ずつ攻撃できる。最終的に得点の多かったほうが勝ちとなるわけである。

このスポーツは日本では人気が高く、プロチームも十二ある。それぞれのチームは自分たちのホームグラウンドを持っている。そして阪神タイガースというチームがホームグラウンドにしているのが、甲子園球場なのである。

といっても甲子園は阪神タイガースのために作られたわけではない。当初の目的は、ここで朝日新聞社主催の全国中等学校優勝野球大会を行うことだった。大正四年八月に第一回が行われたこの大会は、豊中球場、鳴尾グラウンドと場所を移して開かれていたが、野球熱が高まると共にもっと大きな球場が求められるようになり、甲子園球場が作られることになったのである。元々は甲子園大運動場という名称だった。完成したのは大正十三年で、阪神タイガースの前身である大阪野球倶楽部、通称大阪タイガースが誕生するのは昭和十年のことだ。

幾度か改修工事が成されたが、現在の甲子園球場は総面積が三万九千六百平方メートルである。グラウンド部が一万四千七百平方メートルで、スタンド部は二万四千九百平方メートルだ。ホームプレートから外野フェンスまでの距離は、レフトとライトは九十六メートル、センターは百二十メートルである。収容人数は五万五千人。スタンドの高さは十五メートルで、内野席は四十八段、アルプス席は五十四段、外野席は四十九段ある。

昭和三十一年にはナイター設備も出来た。照明灯は六基で、内野用は高さ二十五メートル、外野は高さ三十五メートルもある。照明の内訳は、千五百ワットの白熱灯五十二個、千ワットの水銀灯四百七十二個、四百ワットのナトリウム灯百八十個となっている。これらによりバッテリー間の照明度は約二千五百ルクス、内野は二千二百ルクス、外野は千四百ルクスに維持されるのだ。

　さて当初の計画通り、全国中等学校優勝野球大会は甲子園完成と共に、この地で行われることになった。また大正十三年四月には、毎日新聞社の主催により、名古屋の八事球場で第一回全国選抜中等学校野球大会も開かれていたが、この大会もその後は甲子園で開催されるようになった。両大会は毎年野球ファンの楽しみとなったが、戦争で中断されたこともあった。それでも昭和二十二年には全国選抜中等学校野球大会が、同年夏には全国中等学校優勝野球大会が復活した。そして二十三年には学制改革により、全国中等学校優勝野球大会は全国高等学校野球選手権大会に、全国選抜中等学校野球大会は選抜高等学校野球大会に名称が変更された。

　牟田高志は、その甲子園の中心にいた。

　この日、甲子園球場で行われていたのは、全国高等学校野球選手権大会である。大会四日目だった。各都道府県の代表たちが、連日熱戦を繰り広げている。代表は四十九チームある。都道府県の数は四十七だが、東京と北海道は二校ずつ出るので、総数四十九となるわけだ。トーナメント方式なので、まず三十四のチームが一回戦を戦い、半分の十七チームに減らされる。この十七チームと一回戦が不戦勝の十五チームを合わせた三十二チームによって二回戦が行われるのだ。これらの組み合わせはすべて抽選によって決められる。

大会四日目は、まだ一回戦だった。甲子園は快晴だった。空はブルーのペンキを塗ったようだった。真夏の日差しが赤茶色の土に、そして緑の芝生に注がれていた。ちなみに甲子園に芝生が張られたのは昭和三年のことである。

マウンド上の高志にとっては、その太陽光は見えない敵だった。


こんな調子で葛原は小説を書き継いでいった。甲子園と高校野球の説明だけで原稿用紙を五枚近く費やしている。だがこれでは終わらない。さらに彼は小木からの資料の助けを借り、甲子園のマウンドがいかに暑いか、その暑さに負けた名選手がどれだけいたかを描写した。また、ピンチに立たされた時の投手心理を描写し、投球術についての蘊蓄(うんちく)も披露することにした。とにかく書けるだけのことはすべて書いた。

そして小木からの指示通り、牟田高志投手が運命の一球を投じるまでに、原稿用紙百枚ちょうど分の文章を並べてみせたのである。

5

「おめでとうございます。やりましたね。数えてみましたが、原稿用紙にして三千五十三枚でした。見事に目標クリアです」電話をしてきた小木の声は弾んでいた。

葛原は、小説『曲球』の原稿を数百枚ずつ分割して小木のところに送っていたのだが、昨夜ついに最後の原稿を電子メールで送り終えたのだった。

三千五十三枚――気の遠くなるような数字だ。しかし事実彼はそれを書いたのである。もっとも、達成感はあまりなかった。五百枚の小説を仕上げた時と変わらない。ただ肉体が異常に疲れているだけだ。

「本当にあんなのでいいのかなあ」葛原はまだ不安だった。

「何をいってるんです。立派な作品じゃないですか。世界最長の野球ミステリ、これをキャッチフレーズにしようと思っているんです。話題になりますよ」

たしかに目立つことは間違いないだろうなと葛原は思った。

「ただですね、ちょっと嫌な情報が耳に入ってきてまして」小木が声を落とした。

「なんだい」

「葛原さんは、油壺俊彦（あぶらつぼとしひこ）さんを御存じですね」

「油壺？　ああ、知ってるよ。スポーツミステリで売り出し中の若手だろ」

「ええ。あの方が、やはり野球ミステリを執筆中で、そろそろ脱稿だという話なんです」

「ふうん」

葛原はあまり驚かなかった。同じような題材で書かれた作品が同時期に出版されるというのはよくあることだ。葛原自身、何度か経験していた。

「それがどうかしたのか。別に構わないじゃないか」

「いや、じつはですね、ちらりと聞いたところによりますと、その作品がやはり三千枚前後あるようなんです。おまけにそこの編集部でも、世界最長野球ミステリという謳い文句を用意しているらしいんです」

「ううむ」さすがに葛原は唸った。「それはまずいんじゃないか」

「まずいです。下手をすると、葛原さんの本と油壺さんの本とが、世界最長ミステリと書かれた帯をつけて店頭で並ぶことになります。そんなことになったら読者は戸惑います。どっちが本当に世界最長なんだということになります」

「だろうな。おい、まさか、それでさらに書き足せとかいうんじゃないだろうな」

「本来ならば、そう申し上げたいところです。しかし状況がそれを許しません。ぼやぼやしてたら、あっちに先に本を出されちゃいます。そうなったら、たとえこっちのほうが枚数が多くてもインパクトに欠けます。今の原稿のまま刊行するしかないでしょう」

もう書かなくていいとわかり、葛原はほっと吐息をついた。

ただし、と小木はいった。

「これはぜひ許可していただきたいのですが、改行を増やしたいと思います。改行を増やすだけで、かなり枚数もアップしますから」

「ふうん、それはまあ多少はいいけれど……どの程度に増やすんだ」

「基本的には、句点では全部改行します。読点でも場合によっては改行します」

小木の言葉に葛原は度肝を抜かれた。

「そんなことをしたら、各ページの下半分がスカスカになっちゃうぞ」

「いいんです。そのほうが読みやすいんですから、読者も文句はいいません」

そうかなあ、と葛原は受話器を持ったまま考え込んだ。

「でも、それだけでもまだ不安です。というより、油壺さんのほうもその程度のことはやってくるおそれがあります。後は本作りで勝負ということになるでしょうね」

「どうする気だい」

「はい。こうなったら、こっちのほうが大長編なんだということをアピールするしかありません。しかも、視覚に訴えるのが一番効果的だと思われます」

「視覚？」

「つまり、本の厚みです。思いっきり分厚い本に仕上げましょう。油壺さんなんかに負けちゃいけません」

「だけど、具体的にどうやるんだ。原稿枚数は変わらないのに」

「まずは組み方です。三千枚クラスの大長編は二段組にするのが常識ですが、ここはその常識を覆しましょう。一段組でいくのです。しかも活字を大きくして、字間、行間をできるだけ空けて、ゆったり組みましょう。これで相当ページ数は変わってきます。さらに十ページに一枚ずつ挿し絵を入れます。今、画家に絵を描かせているところです」

小木は熱に浮かされているようにしゃべった。だが葛原としては、どんな本になるのか皆目見当がつかなかった。

「読者は大変だな。それだけの本になると、上巻と下巻をまとめて持ち運ぶのは無理だろうな」

葛原がいうと、小木は電話の向こうで少し沈黙した。どうしたのかなと思っていると、「それもまた御相談なのですが」と彼はいった。「上下巻に分けるのはどうかと私は考えているんです」

「上下巻にしない？　じゃあ、上中下の三冊にするわけか」

「いえ、そうじゃありません。全く分けないのです。全一冊で出そうと思っています」

「一冊？　三千枚の作品を一冊に？」葛原は思わず声を張り上げていた。「そりゃあ、君、一体全体どんな本になるんだ」

「今の計画でざっと試算してみましたところ、ページにして二千数百、厚みにして約十五センチの本になる予定です。これに表紙、裏表紙がつきますから、すごい本になりますよ。ひひひ。みんなびっくりします」

「十五センチっ」葛原は自分の手を広げて見た。「そんなに分厚いんじゃ、片手で摑めないじゃないか」

「いいんです。今の時代、それぐらいやらないとだめです。中途半端はいけません。やる時は徹底的にやるんです。私はこの件に関しましては編集長から一任されています。葛原さんも私に任せてください。必ず、ベストセラーにしてみせます」

ここまで自信たっぷりに強くいわれると、葛原としてはいい返せなかった。よろしくお願いするよといって電話を切るしかなかった。

6

長編小説を脱稿した後は、しばらく何の仕事もしないというのが、これまでの葛原のパターンだったが、今回はそういうわけにいかなくなった。某出版社から新人賞の選考委員を急遽頼まれたからだ。突然、委員の一人が降りたのが原因だった。今まで彼はそういった選考に携わったことがなかった。それだけの実績を残していなかったからだが、いずれは自分も選考委員をしてみたいと彼は願っていた。だからピンチヒッターとはいえ、この依頼は彼を有頂天にさせた。その場ですぐに承諾した。

ところが後日送られてきた候補作品を見て仰天した。五編あるのだが、いずれも原稿用紙にして二千枚はゆうに超えていると思われる作品だった。

「うへえ、これじゃあ逃げ出す選考委員がいても不思議じゃないぞ」

膨大な原稿を前にし、葛原は途方に暮れた。世の中、どこか狂っていると思った。

それでも放り出すわけにいかず、彼は読み始めた。だが思った通り、無駄な描写のオンパレードだった。情報も詰め込みすぎで、ストーリーから完全に遊離している。ただ話を複雑にするためだけに存在しているキャラクターが何人もいる。これによく似た雰囲気の作品を最近読んだことを彼は思い出した。いうまでもなく『曲球』だった。

頭痛がしてひと休みしていたら電話が鳴った。出てみると、小木からだった。

「油壺さんの作品に関する情報を入手しました。思った通り、かなりあくどいことを企(たくら)んでいるようです」小木は憎々しげにいった。

「何をしてるんだ」

「全一冊だとか一段組みというのは、こちらと同じです。ただし挿し絵の数が違います。あっちは五ページに一点ずつ入れているんです。ひどいもんでしょう。それじゃまるで絵本ですよ」

こっちだって大きなことはいえないじゃないかという言葉を葛原は飲み込んだ。

「でも安心してください。こっちにも秘密の作戦があります。じつは紙を変えたんです」

「紙？　変えた……とは？」

「もちろん、厚いものに変えたんです。これで全体として、二、三センチは分厚くなるはずです。忠実書店の奴ら、びっくりしますよ。けけけ」

忠実書店というのが、油壺俊彦の本を出す出版社である。

「でも、連中だって紙厚を増やしてくるんじゃないか」

「大丈夫です。今からじゃ、間に合いませんよ。こっちの勝ちです」甲高い声で笑い、小木は電話を切った。

しかし三日後、またしても小木から電話がかかってきた。

「奴ら、じつに卑怯です。紙厚で遅れを取ったことに気づいたらしくて、何と、表紙と裏表紙を分厚くしたそうです。両方合わせて厚みが一センチ近くあるらしいです」

すると片方の表紙だけで五ミリもあることになる。

「だけど安心してください。こっちだって負けちゃいません。カバーを分厚くすることにしました。ボール紙メーカーに特注で作ってもらったんです。これでまた数ミリは厚くなるはずです」

こういう電話が数日おきにかかってきた。葛原は自分の本が一体どういう仕上がりになるのか、全く予想できなかった。

そしていよいよ『曲球』が書店に並ぶ日がやってきた。

葛原は仕事場で原稿を読んでいた。例の新人賞候補作である。ようやく三作目にとりかかったという状態だった。それでもすでに五千枚以上の原稿を読んだことになるはずだった。その間、ほかの仕事は一切できなかった。

休憩のついでに小木に電話をかけた。じつは二週間ほど前から、ぱったりと連絡が途絶えていた。

「はい、金潮社です」

「やあ、小木君かい。僕だよ。葛原だ」

「あ、どうもどうも、御無沙汰しております」小木の口調は妙に他人行儀だった。

「『曲球』は、今日発売のはずだろ。うちには見本も届いてないんだけど、どうなってるのかな」

「あ、すみません。じゃあ、早速手配しておきます」

「それから、書店の様子は見に行ったかい？　君は新刊本が出ると、いつもすぐに偵察に行くじゃないか」

「いや、あの、今日はまだ行ってません。これから行こうかと思っていたところです」

「じゃあ、僕も一緒に行くよ。本がどんなふうに仕上がったかも見ておきたいし」

「えっ、でもお仕事があるんじゃ……」

「僕だってたまには休みたいよ。すごい大長編小説ばかり読まされて、頭がくたびれてるんだ。じゃ、例の喫茶店に五時ということでどうだい」

「あ、はい、わかりました」小木は最後まで煮えきらなかった。

いつもの喫茶店に葛原が行くと、小木が神妙な顔をして待っていた。

「何だい、鬱陶しい顔をして」

「葛原さん、書店に行く前にお話ししておきたいことが」

「えっ、何だ？」

「じつはつい最近、出版界にちょっとした改革が起きました。原稿の分量の表記についてのルール改正なんです」

「原稿の分量？」

「御存じの通り、これまでは四百字詰め原稿用紙に換算した枚数で表していました。でも、殆どの文筆家の方々がワープロやパソコンで執筆されている昨今、それでは不便なことが多いのです。また、最近の若い人は、そもそも四百字詰め原稿用紙というものを知りません。見たことさえないのです。だからたとえば本の帯に、『堂々の書き下ろし千五百枚』とか書いても、そのすごさが伝わらないのです」

小木の話を聞きながら、葛原は腕組みをした。それはそうかもしれないと思った。彼自身でさえ、四百字詰め原稿用紙というものを久しく目にしていない。そんな日常生活に馴染みの薄いものに換算することは、たしかに無意味かもしれなかった。

「えっ、そうすると、今度の本の帯にも原稿用紙換算の枚数は謳っていないわけか。怒濤の三千枚とか、驚愕の三千枚とか書いてないわけか」

「じつはそうなんです」小木は頭を下げた。「いや、でも、それに代わるものは表記してあります。だから、大作であることは充分に伝わると思います」

「それに代わるものって？」

「それは」小木は口を開きかけたが、俯いた。「……それは実物を見ていただくのが一番いいと思います」

こんな態度をとられては、のんびりとコーヒーなど飲んでいられない。葛原は何も注文せぬまま喫茶店を出て、書店に向かった。

書店に行ってみると、新刊コーナーに人だかりが出来ていた。時折、どよめきのようなものが聞こえる。何だろうと思い、葛原はおそるおそる近づいていった。

そこにはたしかに彼の本が置かれていた。いや、本らしきものが置かれていた。それは、本だと知っていなければ、決してそうは見えない代物だった。何しろ、表紙だと思っていた部分は本の背だったのだ。どうやら本の幅よりも分厚いらしい。

隣には油壺俊彦の本も置いてあった。こちらも本というより巨大なサイコロという感じだった。

そして自分の本の帯を見て、葛原は唖然とした。

『葛原万太郎　世界最重量野球ミステリ誕生!!　命がけの八・七キログラム！』

いつの間にか横に来ていた小木が彼の耳元で、「この記録は当分破られないと思いますよ。何しろ表紙には鉄板を入れましたから」と囁いた。

魔風館殺人事件（超最終回・ラスト五枚）

全員が見つめる中、探偵高屋敷は立ち上がった。そして徐に口を開いた。

「さあ、どうやらすべての謎を解きあかす時が来たようです。この魔風館で起こった忌まわしい殺人事件の真相を、お話ししましょう。なぜ当主岩風氏は時計台の上で殺されたのか、あの血文字は何を意味するものなのか、そして絶対に脱出不可能な時計台の密室から、犯人はいかにして抜け出したのか。これらはじつは、たった一つの真実を突き止めさえすれば、簡単に解ける謎だったのです。その真実とは」彼は皆の顔を見回した。

(ああ、弱った、弱った。とうとういいアイデアが浮かばないままに、ここまできちゃったよ。わあ、困ったなあ。もう今回が最終回ってことになってるし、許容される枚数はあと五枚だもんなあ。あっ、もう四枚か。うへえ、四枚で解決なんて無理だよ。第一、どう解決していいかわかんないもんなあ。行き当たりばったりに書いてきたもんなあ。でももう時間がないし、何か書かないといけないし……)

佳枝は目を見張り、この若い探偵の顔を見つめていた。それは愛する者を奪われた悲しみを乗り越え、辛い真実を知ろうとする目だった。

（わあ、何書いてんだ、こんな局面で。くさい描写で枚数稼ぎしてる場合じゃないよ。でも勿体ないから残しとくか。ううむ、それにしてもどうすりゃいいかなあ。大体担当の大森さんが悪いんだよ。密室殺人を出せっていうから出したけど、肝心のトリックを考えてないんだもんなあ。血文字にしたってそうだ。サスペンスを盛り上げるために思わせぶりなダイイングメッセージを出したけど、特に意味はなかったんだよな。ああちくしょう、大森さんのいいなりになんかなるんじゃなかったよ。こんなに苦しいことになるとは夢にも思わなかったじゃないか。心臓はどきどきするし、頭はがんがんするし、もうこのことが気になって、この三日はろくに食事もとってないし。）

「つまりあの時計台の文字盤には抜け穴があったのです。それを犯人は巧妙に利用したのでした」高屋敷の言葉に、一同からどよめきが起こった。

（これ絶対に非難されるだろうなあ。密室密室って大層に騒いどいて、抜け穴がありましたってわけにはいかないもんなあ。やっぱりこれはまずいよ。推理作家として命取りになっちゃうよ。俺なんか駆け出しだから、これでもう仕事がこなくなるだろうなあ。わあああ、そんなことになったらおしまいだよ。まずいよ、それは。なんとかしなくちゃ。まずいよ、これは。うひゃあ、脂汗が流れてきた。息が苦しくなってきた。はあはあ、はあはあはあ。）

佳枝の頰を涙が一筋流れた。彼女は探偵に訊いた。「でも一体誰が何のために、あんなひどいことを？　教えてください、高屋敷さん」

（教えてほしいのはこっちだよ。誰を犯人にすりゃいいんだろう。最後のほうになって、一番意外そうな人間を犯人にすりゃいいなんて大森さんは無責任にいってたけど、どいつを犯人にしても意外性なんか出そうにないよ。困ったなあ、弱ったなあ。しくしくしくしく、しくしくしくしく。あと二枚で解決しなきゃならないし、八方ふさがりじゃないか。だから連載なんか自信ないっていったのに、大丈夫、大丈夫、誰でも最初はそういうんだなんて大森さんがいうから……。ああ、もうおしまいだよ。全部おしまいだよ。作家生命絶たれちゃうよ。誰か助けてくれえ……）

高屋敷は大きく息を吸い込んだ。そして今一度、この豪華なリビングルームに集まった人々の顔を、端から順にゆっくりと眺めていった。やがて彼の胸が大きく隆起した。彼が次に発する言葉を、全員が待ち受けた。

「それではお教えしましょう。悪魔的な頭脳を駆使し、おそるべき犯行を成し遂げた人物、すなわち当主岩風氏を殺した犯人は

［作者急逝のため、まことに勝手ながら本連載はこれで終了させていただきます。編集部］

超読書機械殺人事件

1

ミステリ人気を反映して、毎年数々の新人作家がデビューしてくる。そのこと自体は結構なことだが、皆が揃って「期待の大型新人」とはいいきれないところが問題だ。たとえば一昨年、『赤顔鬼』で大日本スリル小説大賞を受賞した猿田小文吾だが、民俗学に関する知識には唸らされたものの、ストーリーの冗漫さや、人間描写の薄さなどから、二作目以降は苦労するのではないかと危惧されていた。

その猿田の新作が、今月発売の『青足河童』（金潮社）だ。一体どれほど腕を上げているだろうと、怖さ半分、期待半分で頁を開いた。

はっきりいって期待外れだった。いや、そんな言葉では生易しい。ここははっきり、愚作であると断言しておこう。読んで損をした、といってもいい。

前作は山奥の小さな村で起きる連続殺人事件の顛末を、赤鬼舞いという伝統芸能に絡めて描いた本格ものだったが、芸のないことに、今回の舞台もやはり人里離れた小集落である。そこに流れる河津川には河童が住んでおり、川の水を汚す者は河童に殺されるという言い伝えがあるそうだ。

　ここまで読んだところで、もうやめようか、と思った。前作はたしか、子供を堕胎すると赤鬼が襲ってくるという伝説がモチーフになっていたが、今度は河童である。同じ手を何度使ったら気が済むんだといいたくなる。

　こうなるとその後の展開も似たり寄ったりだろうと思っていたら、まさにそのとおりだった。

　その村にレジャーランドを作ろうとする業者がやってくる。社長の恩田公一は村の名主である恩田家の長男で、二十五年前に村を飛び出し、土地開発を手がける実業家になっていた。

　恩田は反対派を封じ込めるため、札束攻勢に出る。それによって賛成派が過半数を超えようとする時、恩田の死体が村はずれにある祠の中で発見される。死体はびしょぬれで、死因は溺死だった。だが奇妙なことに、両足が青く塗られていたのである。村人たちは、河童の仕業だといって怯える。

　反対派リーダーの女医、江尻祐子が疑われるが、彼女もまた病室で殺される。しかもその方法は恩田の場合と全く同じだった。祐子の元婚約者であり医学博士でもある田之倉伸介は、不可解な謎を解くべく、その村に向かう――。

やれやれとため息をつかざるをえない。『赤顔鬼』では村にやってきた産婦人科医が殺されるのだが、それをレジャー産業の社長に置き換えたにすぎない。一体、今回の作品の独創性はどこにあるのだろう。両足が青く塗られていた理由も、『赤顔鬼』で死体の顔が赤く塗られていた理由を、ほんの少し手直ししただけという感じだ。小説のテーマも、自然と科学の共存ということで、これまた前作と同じ。唯一の工夫は、謎の伝染病というエピソードを絡めていることだが、話の展開に行き詰まって無理矢理にこじつけたという印象をぬぐえない。その唐突なエピソードが、最後で重大な意味を持ってくるというのだから、詐欺とさえいえるのではないか。

話の運びがまどろっこしいのも相変わらずである。専門分野だからか、民俗学の話になるとやけに筆が熱くなるが、どう考えても話の本筋とは無関係なのだ。そんなものを延々と読まされる読者の身になってほしい。一方で人間を描くことには殆(ほとん)ど力が注がれていない。次々と出てくる人物も、誰が誰かさっぱりわからなくなっていくのである。文章もひどい。おかしな言い回しが多いので、意味を摑(つか)むのでさえ一苦労だ。挙げ句の果てに、最後で明らかになる真犯人は意外でも何でもない。主人公以外では、この人物しかまともに描かれていないのだから当然である。

もう一度書くが、本作は愚作であり、駄作だ。読まないほうがいい。

原稿を読み直し、ちょっと書き過ぎたかなと門馬は思った。『青足河童』の出来があまりにひどいので、時間を無駄にした腹いせに書きまくったというのが正直なところでもある。

でも、まあいいか。

感想を率直に書いただけという思いが門馬にはあった。別に自分が好きこのんで『青足河童』を取り上げたかったわけではない。編集部から、次はこの本を頼む、といわれたにすぎないのだ。そういわれていなければ、読んでもいなかっただろう。猿田小文吾については、『赤顔鬼』を読んだ時から関心をなくしていた。

それよりも、と門馬は足元に置いてあった本を手に取った。牛飼源八の『ハンド・コレクター』だ。次はこの本の書評を書かねばならない。だが彼はまだ一頁も読んでいなかった。

門馬はミステリ小説の評論家である。元々は趣味で読んでいたにすぎないのだが、仲間のミステリマニアに勧められて何度か同人誌などに書評を書いているうちに、それが本業になってしまった。好きな小説を読めて、適当に感想を述べてりゃいいんだから幸せな職業ですねなどと嫌味をいわれることもあるが、実際にやってみると、これほど苦しい仕事もないんじゃないかと思ってしまう。

とにかく読まなきゃならない本が多すぎるのだ。話題作、新人賞受賞作はもちろんのこと、ベテラン作家や注目作家の本にも目を通さなければならない。門馬のところへは毎月いろいろな出版社から新刊が送られてくるが、整理しても整理しても積み上げた本が巨大なピラミッド化してしまうという有様である。とはいえ、ミステリが活況を呈しているからこそ自分のような職業が成り立つのだと思えば文句をいうわけにもいかない。

牛飼源八の『ハンド・コレクター』を見て、彼はため息をついた。どう見ても厚さ五センチはある。しかも中は二段組ときている。「怒濤の二二〇〇枚」などという惹句も、読まねばならないと思うと恨めしく見えてくる。

ええと、原稿の締切はいつまでだったかな――。

門馬はスケジュールを書き込んである手帳を開いた。今日が『青足河童』の締切日だということだけは記憶していた。

「あっ」

予定表を見て彼は声を上げた。『青足河童』締切、と書いた横に、こんな書き込みがしてあったのだ。

金潮社小木氏より依頼の件、極力好意的に――。

そうだった、と門馬は思い出した。この『青足河童』は小木が作った本なのだ。それで何とか好意的な書評を頼むといわれたのだった。門馬は小木が『小説金潮』にいた頃、いろいろと世話になっている。

「参ったなあ」思わず声に出していた。今から原稿を書き直すのは骨である。いやそれ以前に、この本をどんなふうに褒めればいいのか。

参ったなあともう一度呟いて、門馬はソファに横たわった。

2

そのまま眠り込んでしまったらしい。目を覚ましたのは、玄関のチャイムが鳴っているからだった。目をこすりながら玄関のドアを開けると、見たことのない男がにこにこと笑いながら立っていた。頭を七三に分け、濃紺のスーツを着ている。

「ミステリ評論家の門馬先生ですね」

「そうですが、あなたは」

「私、こういうものです」

男が差し出した名刺には、『ショヒョックス販売株式会社　営業所長　黄泉よみ太』とある。聞いたことのない会社だった。

「どういう御用件ですか」

「はい、私どもではこの度、高機能読書マシンを開発いたしました。そこで一般販売に先駆けまして、読書を職業としておられる方々にモニターになっていただき、その使い勝手を試していただこうと、こうして参った次第でございます」黄泉は揉み手をし、愛想笑いを付け足した。

「何マシンだって？」

「高機能読書マシンでございます」そういうやいなや黄泉はドアの内側に入ってきて、鞄の中からパンフレットを取りだした。「一度お使いくだされば、きっと気に入っていただけると思いますよ。はい」

「訪問販売ならお断りします」

「まあまあ、そうおっしゃらず。とにかく話だけでも。話だけでも聞いてください。高名な書評家でいらっしゃる門馬先生と思い、伺ったわけですから。いやもう、門馬先生の書評、論文には、いつも感服しております。素晴らしいお仕事をなさっておられる。今では日本一の評論家と申し上げてもよろしいかと」ぺこぺこ頭を下げる。

歯の浮くお世辞に門馬は少々うんざりしたが、悪い気はしない。一体何ですか、と話を聞くようなことをいってしまった。

「はい、ええと、それほど御活躍の先生だからこそ、いろいろとお悩みのことも多いかと思うのですが、いかがでしょうか」

「というと？」

「たとえば忙しくて大量の本を読む暇がないとか、体調が悪く読めないとか、体調は悪くないし時間もあるが好みの本がなくて読みたくないとかです」

「それは、まあね」門馬は鼻の横を掻く。

「そうでしょう。そうでしょうとも」黄泉がパンフレットを手に身体を寄せてきた。

「そういう方々のために開発されたのが、我が社のショヒョックスなんです。この機械はですね、そういう人に代わって本を読んでくれる、夢の道具なのです」

「ははあ」門馬は頷いた。「なるほどね、こっちは何をしなくても、横で本を朗読してくれるわけだ。でもそれじゃあ読むほうが楽だな。朗読を聞くのは結構疲れるものなんだ。眠くなるし」

するとセールスマンは人差し指を立て、ちっちっちっと舌を鳴らした。

「単なる朗読マシンなんかをお勧めするために、わざわざお邪魔したりしません。ショヒョックスはですね、本を読んで、その内容を要約したり、感想を述べたり、書評を出力したりできるんです」

「えっ、まさか」

「と、お思いでしょうが、本当なんです。しかも読書に要する時間は、三百頁の本でも約十分で済みます」

「信じられないなあ」

「百聞は一見にしかず。よろしければデモンストレーションをさせていただきたいのですが」

「えっ、今ここでかい」

「もちろん」

門馬は迷った。どう考えても嘘っぽいが、興味はある。もしインチキだとしたら、すぐに追い返せばいいだけのことだ。

「わかった。じゃあ、ちょっと見せてくれ」

「かしこまりました」

黄泉はドアを開け、風のように出ていった。

数分後、作業服を着た男二人が小型冷蔵庫ぐらいの大きさの機械を運んできた。黄泉が後ろからついてくる。

男たちは、あまり広くもないリビングに機械を設置した。

「さて、何か読ませたい本はありますか」黄泉が訊いてきた。

「そうだな」

どうせならと思い、門馬は『ハンド・コレクター』を差し出した。

「結構です。では、まず何をやらせましょうか。感想でも述べさせますか」

「いや、とりあえず要約がいいな。あらすじが知りたい」

「わかりました。お任せください」

機械の横に電子レンジの扉のようなものが付いている。黄泉はそこを開けて本を入れ、扉を閉じてからいくつかのボタンを押した。ぶぉーん、とモーターの回るような音が出てきた。次には、ぱらぱらぱらと頁をめくる音。たしかにスピードはすごい。

十数分後、頁をめくる音がやんだ。その直後、扉とは反対側のスリットからA４の紙が出てきた。びっしりと文字で埋まっている。門馬はそれを手にし、驚いた。『ハンド・コレクター』のあらすじが、見事に書かれていた。

『ハンド・コレクター』

舞台は東京。渋谷（しぶや）センター街で遊んでいた女が突然行方不明になる。翌日、公園のトイレで発見された彼女の絞殺死体は、なぜか左手首が切り取られていた。

第二の事件は池袋（いけぶくろ）で起きた。コンパの途中で抜けたまま姿を消した学生の死体が、デパートの屋上で見つかったのだ。この死体もまた手首が切断されていた。ところが代わりに、第一の被害者の手首が残されていた。その手には赤いボールペンで、「Lesson 1 This is a pen.」と書かれていた。

警視庁の岩槻一正（いわつきかずまさ）警部は、精神異常者による殺人の捜査に関しては随一といわれている。彼が本件の実質的な指揮官となる。彼はかつて、精神錯乱した若者に愛娘（まなむすめ）を殺されていた。その犯人は逃亡中にビルから飛び降りて即死していた。

岩槻たちが目撃情報を集めていると、第三の事件が起きた。場所は銀座の地下通路。殺されたのはホームレスの男性で、手首が切り取られている代わりに、第二の被害者の手が残っていた。手には「Lesson 2 I am a boy.」と書いてあった。』

そこまで読んだところで、これはすごい、と門馬は唸った。このあらすじを読めば、内容はほぼ把握できるのだ。

あらすじによれば、この後も同様の事件が次々に起きるが、岩槻警部は犯人の残すメッセージが、昭和四十年代に使用されていた中学校英語の教科書から抜粋したものであることを突き止め、犯人はその教科書で英語を習った者と推理する。さらに教科書は『Lesson 10』まであるので、犯人は十人を殺すつもりだと予測する。やがて岩槻の娘が殺された事件との関連も浮かび上がり、真犯人の最終的な狙いが岩槻であることも判明する。岩槻は娘が英会話スクールに通っていたことを思い出し、意外な犯人を明らかにしていく――。

門馬は唸り続けた。これさえ読めば、本文を読む必要はない。

「気に入っていただけましたか」気に入らぬはずがないという自信に満ちた表情で、黄泉が訊いてきた。

「なかなかいいね」門馬はいった。「でもあらすじだけじゃな。さっきの話じゃ、感想や書評も書けるってことだったね」

「書けます。ちょっとやってみましょうか」

「是非お願いしたいね」

それでは、といって黄泉は操作ボタンを手際よく押した。再び、ぶぉーん、とモーター音が始まった。

今度はすぐに紙が出てきた。そこには次のように印刷されていた。

『三年前に「豚たちの爆笑」でデビューした牛飼源八の新作「ハンド・コレクター」は、前作を上回るサイコ・サスペンスの傑作である。死体の手首を切り取っては、次の被害者のもとに残していく奇怪な殺人犯を、異常犯罪のスペシャリスト岩槻が追う。残された手首には、「Lesson 1 This is a pen.」というように、日本の四十代読者ならどこかで見たことがあると思われるメッセージが書かれていた。

読者としては、まさに息を抜く暇もない小説である。岩槻をはじめ、死体をデータとしてしか見ない鑑識のプロ、冷徹な心理捜査官などが、考えられるかぎりの手を尽くして次の犯行を予測し、網を張る。そこには一点の隙もないように思われるのだが、犯人は見事に盲点をついて、新たな被害者を生み出す。やがて物語は、岩槻の娘が殺された過去の事件とも複雑に絡み合っていく。ある時点から全体像が劇的に一変する手腕には脱帽。』

門馬は舌を巻いた。とても機械が書いたものとは思えない。

「とりあえず、四百字詰め原稿用紙一枚分にまとめてみました」黄泉が勝ち誇ったように胸をそらせた。「いかがですか」

「まああだな。でも、ずいぶんと褒めてるじゃないか。この『ハンド・コレクター』は、聞くところではさほど評判はよくないんだけどな」

「あっ、それはですね、評価モードを『おべんちゃら』モードにしてあるからです」

「おべんちゃら？」

「ここを御覧になってください」黄泉が操作パネルを指した。

門馬が覗き込むと、そこには『評価モード』というユニットがあり、五つのボタンが並んでいた。上から順に、『おべんちゃら』、『甘口』、『ふつう』、『辛口』、『酷評』とある。

「このように、書評のニュアンスを五段階に切り替えられるのです。ちょっと褒めすぎかなと思った時には、『甘口』程度にしておくか、『ふつう』にすればいいわけです。『ふつう』モードの場合、当たり障りのない簡単なストーリー紹介が中心になります」

それならいつもの俺の仕事と同じだなと門馬は思った。

「じゃあ、『ハンド・コレクター』の書評を、『酷評』モードで書かせてみてくれ」

「かしこまりました」

黄泉は『酷評』のボタンを押し、書評作成をスタートさせた。

間もなく仕上がった書評は次のようなものだった。

『三年前に「豚たちの爆笑」でデビューした牛飼源八の新作「ハンド・コレクター」は、サイコ・サスペンスという衣を着たおふざけ小説である。やたらと死体が出てくるのはこの種の小説の常道として目をつぶるが、手首を切って、次の被害者のそばに残しておくという趣向には新しさのかけらもない。手首に残されている「Lesson 1 This is a pen.」といったメッセージなど、日本の四十代読者などは爆笑ものだろう。

読者として苛立(いらだ)つのは、次々に殺人が起きているというのに、主人公の異常犯罪スペシャリスト岩槻をはじめ、脇役の鑑識課員や心理捜査官が、ただ格好をつけているだけのでくの坊だということだ。当然のごとく彼等は、常に犯人の後手に回ってしまう。岩槻の娘が殺されたという過去の事件との関連が後半になって突然浮かび上がってくるのも、唐突で強引だ。最後の謎解きも陳腐で、金返せと叫びたくなる一冊。』

これはまたひどい変わりようだと門馬は驚いた。ここまではさすがに自分でも書けないと思った。

「大胆な書評だなあ」

「まあ実際には、めったなことでは『酷評』モードを使うことはないと思いますが」

その作家に喧嘩(けんか)を売る時だろうなと門馬は考えた。

「ええと、それでいかがでしょう」黄泉がまた揉(も)み手を始めた。「これでショヒョックスの性能は、ほぼ御理解いただけたと思うのですが」

「そうだねえ」門馬は腕組みをした。

じつは彼の頭の中では、この機械を入手することが決まっていた。しかし問題は価格である。べらぼうな料金をとられるのではかなわない。

すると黄泉が彼の顔を覗き込んでいった。

「先程も申し上げましたように、今回はモニターとして先生にお使いいただきたいわけです。ですからリース料金のようなものは一切発生いたしません」

「えっ、そうなの。ただ、なわけ？」

「さようでございます」黄泉は頭を下げた。「いかがでしょうか。お試しいただけるでしょうか」

「そうだなあ、そこまでいわれるとなかなか断りづらいなあ。じゃあ、試しにちょっと使ってみるかな」

「ありがとうございます。助かります」

この後、黄泉が出してきたいくつかの契約書に門馬はサインをした。内容を熟読したが、詐欺まがいのものではなさそうだ。

「ではまた来月、御感想を伺いに参ります」そういって黄泉は帰っていった。

門馬は機械に近づき、その表面を撫でた。

これは便利なものが手に入ったぞ——。

渡りに船とはこのことだ。これで締切の迫っている仕事はクリアできる。

彼は猿田小文吾の『青足河童』を手に取った。機械の扉を開け、本を入れてから閉じた。さらに操作パネルに目を移す。

評価モードを『おべんちゃら』にし、スイッチを入れた。すぐにぱらぱらぱらと機械は頁を繰り始めた。

約十分後、以下のような書評が完成した。

一昨年、『赤顔鬼』で大日本スリル小説大賞を受賞した猿田小文吾が期待の大型新人であることは、誰もが認めるところだろう。特に民俗学に関する造詣の深さには、これが新人の作品かと唸らされた。ストーリーはシンプルだが、それはテーマを浮き立たせるための手法というべきだろう。一部には人間描写が浅いという指摘もあるようだが、事件を的確に表現するため、またこの深遠なテーマを読者に伝えるため、わざと記号化したと解釈するのが正しいだろう。

『青足河童』（金潮社）は、そんな大型新人の最新作である。期待に胸を躍らせて読んだ。そしてその期待は裏切られるどころか、それ以上の感動を受けることになった。

今回の舞台は河童伝説の残る小さな山村である。伝説の内容は、河津川の水を汚す者は河童に殺されるというものだった。

ある日その村に、村の名主である恩田家の長男が帰ってくる。彼は二十五年前に村を飛び出し、現在は青年実業家に成長していた。彼の狙いはその地域を開発し、一大レジャーランドを作ることにあった。そこで自然環境保護団体に対抗するため、彼は村の有力者たちを次々に買収していく。

ここまで読んだところで本作が傑作であることを確信した。前作は赤鬼伝説を扱い、今度は河童伝説だ。この作者の懐はどこまで深いのだろうと感心してしまう。しかも一見古風な世界かと思いきや、青年実業家の野望という極めて現代的な仕掛けを施してあるのだ。作者のバランス感覚のよさを認めざるをえない。

ここまででも十分に一本の小説になりそうだが、本作のすごいところはここからだ。なんとその青年実業家の溺死体(できしたい)が発見されるのである。しかも不思議なことに、両足が青く塗られていた。ここで例の河童伝説が絡んでくる。

次の被害者は江尻祐子という女医だった。彼女もまた河童伝説の犠牲になったとしか思えぬ状態で殺されていた。だが彼女は村を開発することには反対していたのだ。

錯綜(さくそう)する謎、迫り来る恐怖。村がまさにパニックを起こそうとする時、一人の男がやってきた。医学博士の田之倉伸介だ。彼は祐子の恋人だった。

これだけを読むと、前作『赤顔鬼』との類似が気になる人もいるかもしれない。たしかに前作の長所を踏まえている点も少しある。しかしそれは、作者がこのスタイルに確固たる自信を持っているからだともいえるのだ。才能のない者がこれをするとマンネリということになるが、猿田の場合は違う。彼はデビュー二作目にして、スタイルを確立したのである。

小説のテーマは今回も、自然と科学の共存だ。何という深く、壮大なテーマだろう。作家が作品ごとにテーマをころころと変えるのは、自分に自信がないからである。猿田は信じた道をとことん突き詰めるタイプなのだ。

さらに感心したのは、謎の伝染病のアイデアである。これを持ってきたことによって、作品がぐっと厚みを増した。一見無関係なエピソードに思えるが、これがラストで重大な意味を持ってくるのだから、この作者の技巧には脱帽するしかない。

専門分野の民俗学に関する記述も相変わらず見事である。これさえ読めば、民俗学の知識は相当身に付くとさえいえるのではないか。

人物を意図的に記号化する手法は今回も有効である。おかげで読者としては、推理と無関係な人物に神経を使わなくて済む。あくまでも読者のことを思いやっている結果だ。

若干、癖のある言い回しが多いが、これもまた作者の個性というべきだろう。

そして小説の最後では、誰もが予想もしていなかった意外な犯人が明かされる。これを読んで驚かない読者はいないと確信する。

猿田小文吾は、早くもミステリ界の頂点に立った。

3

門馬がソファで昼寝をしていると、電話のベルが鳴った。のろのろと起き上がり、

「はい、門馬ですが」と欠伸まじりにいった。

「あっ、門馬さんですか。小説金潮の江本です」

「やあ、どうも。さっき原稿を送ったんだけど、もう読んでくれたのかな」

門馬は足元に置きっぱなしになっていた本を拾い上げた。猫塚志乃という女流作家が書いた『またたびの夜』というホラー小説だ。この本の書評を江本から依頼されていたのだった。じつは今回は自分で読んで書評を書こうと思っていたのだが、導入部だけで眠くなってしまい、結局これもまたショヒョックスに任せてしまったのだった。

この新兵器のおかげで、門馬の仕事量は飛躍的に伸びていた。自分が読まなくても、あらすじはわかるし、書評まで出来上がるのだから当然だ。特に『おべんちゃら』モードは重宝している。いろいろな義理があって、どんなにつまらない本でも褒めねばならない場合というのが少なくないのだ。

ショヒョックスに任せれば、「現実味のないトリック」も「幻想的な仕掛け」ということになるし、「人間が描けてない」ことも「人物の本性を巧みに隠してある」ということになってしまうのだ。そういう言い換えは、気恥ずかしくてなかなかできないものだが、さすがに機械だけあって、淡々とこなしてくれる。

こいつはもう手放せないなあ、という気に門馬はなっていた。

「読ませていただきました。それで、じつはそのことでちょっと問題が……」江本は語尾を濁した。

「なんだ、問題って」

「はあ、あの、門馬さんは今週の週刊文福をお読みになりましたか」

「文福？　いやあ、まだ読んでないなあ。それがどうかしたの」

「あの雑誌にミステリの書評欄があるのを御存じですよね」

「ああ、友引伝介（ともびきでんすけ）がやってるやつだな」

友引は若手ミステリ評論家で、門馬も付き合いがある。格別仲がいいわけでもないが、パーティなどで会えば挨拶（あいさつ）程度は交わす。

「じつは今週号でですね、友引さんが『またたびの夜』を取り上げているんです」

「ふうん、そうなのか」

作者の猫塚志乃は、前作がベストセラーになったこともあり、今注目の作家だ。新作を出したとなれば、誰もが取り上げたくなって当然である。ただこうした場合に月刊誌は不利だ。どんなに急ぎたくても、次の発売までには一ヵ月空いてしまう。その間に週刊誌に先を越されるというのはよくあることだった。

「まあ仕方ないんじゃないの。話題作はいろいろな雑誌に取り上げられるものだよ。別に問題があるとは思わないな」門馬は軽くいった。

「いえその、友引さんが『またたびの夜』の書評をお書きになっていること自体はいいんです。問題はその中身でして、ええと、これは何かの間違いだと思うんですが、先程門馬さんから送っていただいた原稿の内容と、全く同じなんです」

「えっ」門馬は声を裏返した。「同じって……書いてあることが同じなのかい。似てるとかじゃなくて」

「同じなんです。一言一句、句読点の位置まで同じです。それであの、どういうことかと思いまして」

門馬は返す言葉がなかった。心当たりが一つだけあった。

「一応、その友引さんの書評をファクスでお送りしましょうか」

「うん、そうだな。そうしてくれ」

いったん電話を切った。門馬は腋の下に汗をかいていた。

数分後、ファクスが送られてきた。その書評を読み、門馬は呻いた。たしかに先程彼が『小説金潮』宛てに送ったものと同一だった。

友引め——。

間違いなかった。友引伝介もまたショヒョックスを手に入れたのだ。それを使って、せっせと仕事をこなしているのに違いない。そういえば最近友引の仕事量が増えたような気がしていた。門馬はソファを蹴飛ばした。なんてやつだ、若いくせに手抜き仕事なんぞをやりおって——。

やがてまた電話が鳴った。江本からだった。

「事情がわかったよ。僕のミスだった」門馬は明るい口調でいった。「僕は最近、他人の書評も資料として保存するようにしているんだけど、よく考えたらこの友引君の文章もファイル済みだった。それを手違いで、自分の原稿の代わりに送ってしまったようだ。迷惑をかけて申し訳ない」

「なんだ、そういうことだったんですか。じゃあ門馬さんの原稿は別にあるんですね」

「あるよ、もちろん。この後すぐに送らせてもらう」

「それを聞いて安心しました。そんなことじゃないかとは思ったんですが」

「ところで確認だけど、『またたびの夜』については好きなように書かせてもらっていいんだよね。褒めなきゃいけないってことはないよね」

「それは構いませんが、門馬さんはあまり買っておられないということでしょうか。友引さんは、ずいぶん絶賛しておられますけど」

それはショヒョックスの評価モードを『おべんちゃら』にしたからだ。しかし門馬は同じモードを使うわけにはいかない。

「猫塚さんには悪いけど、ちょっと辛口でいかせてもらうよ。いいだろう？」

「わかりました。お任せします」

電話を切った後、門馬は早速『またたびの夜』をショヒョックスにセットし、評価モードを『辛口』に合わせて書評を出力させた。その仕事は数分で済んだ。それをすぐに『小説金潮』編集部にファクスした。

「お原稿、間違いなくちょうだいいたしました」ファクスを受け取った江本が、軽やかな口調で電話をかけてきた。「いやあ、面白いものだなあと思いました。同じ本を取り上げても、人によってこれだけ読み方が違うものなんですねえ。友引さんが巧妙と評されている部分が、門馬さんによれば捻り過ぎ、友引さんが濃密と感じたところが、門馬さんにかかればくどいってことになるんですから。いろいろと勉強になります」

こっちもだよ、といいたいのを門馬はこらえた。

4

ショヒョックスの利用を始めてから一ヵ月後、黄泉が愛想笑いをしながら現れた。

「どうでしょうか、調子は」

「機械の調子は悪くないがね、どうにも困ったことが起きた」

「ははあ……と、いいますと？」

「あんた、この機械を俺以外の評論家にも預けただろう。友引伝介とか、大安良吉とか」

「あっ、よく御存じで」えへへへへ、と黄泉は頭を掻いた。

「笑い事じゃない。おかげで同じ本を取り上げた時なんか、どちらかがモードを変えて書評を出力させないといけない。だから連中の書評を常にチェックする必要があって、面倒で仕方がない」

無論、友引や大安のほうも、門馬がショヒョックスを使っていることは知っているはずで、彼と同じ苦労をしているのだろう。

「その点につきましては、ほかの方々からも御意見をいただいております」

「ほかの方々？　友引や大安だけでなく？」

「ええと、評論家の方々以外に、何人かの作家の先生にもお使いいただいております」

「作家がどうしてこんなものがいるんだ」

「ニーズはいろいろとあります。文庫本の解説や新人作家の作品の推薦文を頼まれたが、読んでいる暇がないという方には、喜ばれています」

なるほど、と門馬は合点した。解説や推薦文を頼まれる作家というのは、それだけ著名だということだが、その分自分の仕事で忙しいはずである。

「それからこれは大きな声ではいえないのですが」黄泉は口元を掌で隠していった。「文学賞の選考委員をしておられる先生方にも非常に好評です。特に五つも六つも選考委員を掛け持ちしておられる先生は、すべての作品を読むというのは本当に大変らしくて」くすくす笑った。

「ひどいやつらだなあ」自分のことを棚に上げて門馬は首を振った。「ショヒョックスにあらすじを書かせて、それだけ読んで選考会に出席してるわけだ。受賞者はまだいいけど、そんなんで落とされた候補者たちはたまったものじゃないな」

「そのほかにも、作家同士で対談をするけど、相手の作品を一つも読んでないという方々のお役にも立っているようです」

「やれやれ。じゃあ、業界ではかなり出回ってるってことじゃないか。俺が使ってるってことも、ばれてるんだろうなあ。待てよ。ということは、出版社の連中がショヒョックスを導入するのも時間の問題ってことか」

「すでに文福出版さんと淡々社さんから御注文をいただいております」黄泉はうれしそうにいった。

「何だよ、それ。そんなものを出版社の連中が使いだしたら、こっちに仕事が回ってこなくなる。とんだ営業妨害だ」門馬は喚いた。

「まあまあ。まあまあまあまあ」黄泉が両手を前に出し、頭をぺこぺこ下げた。「興奮しないでください。私の話を聞いてください。たしかにショヒョックスを使えば、今までのような書評なら、出版社でも自前で作れるということになります。でも門馬先生もおわかりでしょう？　従来型ショヒョックスにはオリジナリティがないのです。同じ本を読ませ、同じモードを選べば、同じ文章しか出力できません」

「だから同じ機械を出版社が導入したとなると」

「ですから」黄泉は少し声を大きくしていった。「従来型にはそういう欠点があったのです。そこで本日は、先生にとって耳寄りな情報をお持ちしました」

「耳寄り？　どういうことだ」

すると黄泉は持っていた鞄の中から、灰色の箱を取り出した。ビデオデッキよりも少し小さいぐらいの大きさだ。

「これはエボリューション・ユニットといいまして、ショヒョックスに取り付けて使用します。そうしますと、世界に二つとない、門馬先生だけのショヒョックスに生まれ変わるのです」

「うん？　どういう意味だ」

「このユニットを取り付けた状態で、これまでに先生がお書きになった書評をショヒョックスに読ませるのです。するとコンピュータが、先生の癖や好み、価値観などを記憶していきます。たくさん読ませれば読ませるほど、その精度は高くなります。いずれは先生の分身ともいえる頭脳を持つわけです。その状態で、何か本を読ませて書評を書かせますと、先生の個性にあふれた原稿が仕上がるという仕組みです」

「そんなことができるのか」門馬は驚きの目で、黄泉が抱えている箱を見つめた。

「もしそれが本当なら、たしかに世界に二つとない機械になるはずだな」

「いかがでしょう。このユニットをお付けになりませんか」黄泉が上目遣いをした。

「そうだねえ」門馬は完全に乗り気になっていた。

ところがそれを見越したように、「ただし」と黄泉はいった。

「このユニットにつきましては、買い取り、という形をとっていただかねばなりません。何しろこれは先生のオリジナルを作ってしまう機械です。先生以外の方には何の役にも立ちませんので」

彼のいうことはもっともでもある。門馬はおそるおそる値段を尋ねてみた。

「この性能を御理解いただければ、決して高くはないと思いますが」そう前置きして黄泉は価格を述べた。それを聞き、門馬は一瞬気が遠くなった。外国車を買える金額だった。

「もう少し何とかならないか」

「御勘弁ください。ほかの皆様にも、この価格で御契約していただいておりますので」

「ほかの皆様というと……」

「友引様や大安様です」黄泉はにやりと笑った。

くそう、足元を見やがってと思いつつ、「ローンは組めるのか」と門馬は尋ねていた。

5

「だからこの『犬死にしてみろ』の作者というのは、本質的に人間を描こうとはしてないと思うんだよな。ただ暴力的なシーンを連発して、読者を刺激しているだけなんだ。精神が病んだ人間をやたらに出してくるのも、そのほうが無茶苦茶ができるからってことじゃないのか」

「僕はそれはそれでもいいと思いますけどね。それも一つのエンターテインメントじゃないでしょうか。ストーリーのために人間性を勝手にねじまげているという点では、『人面かさぶた』のほうがひどいと思いますよ。この女性主人公はものすごく優しい性格という設定ですが、だからといって膝のかさぶたが人の顔に見えるから剝がせないってのは、どうかなあ」

「同感だね。大体、かさぶたってのは、本来剝がしたくなるものなんだ。私なんか、すぐに剝がすもんだから傷が治りにくくてねえ。はっはっは。いや、失礼、話が横道にそれたね。とはいえ私としては、さっきもいったように『殺す殺せば殺す時』を推したいな。女性作家がここまで非情な心理を描いたというのはすごいことだよ。ええと、この人は主婦だろ。主婦がこれを書いたんだ。そこを評価しようじゃないか」

「いや、俺はやっぱり『人面かさぶた』が捨てがたいな」

「僕は『犬死にしてみろ』です」

三人の意見が完全に分かれたところで議論が停止した。

都内にあるホテルの一室に、門馬は友引や大安といる。金潮推理大賞という新人賞の予備選考会の真っ最中である。すでに三作品を候補作として挙げることには意見が一致していたが、もう一作品を選ぶという段階になって意見が対立してしまったのだ。

主催の金潮社からは、候補作が三作では少ないといわれている。しかし六作では多すぎるということらしい。
門馬は手元の書類に目を落とした。次のようにプリントされている。
『敬遠の仔』……A
『固いおでこ』……A
『足の裏の闇』……A
『人面かさぶた』……B
『犬死にしてみろ』……C
『殺す殺せば殺す時』……C
　この結果というのは、仮に門馬が実際に作品を読んだ場合、どういう評価を下すかということをショヒョックスが予想したものだ。最近彼は黄泉に勧められて、作品選考機能というオプションを導入したのだ。
　見たところ、友引と大安も同じような書類を手にしていた。近頃ではショヒョックスを使っていることを誰も隠さなくなっている。今までの議論も、各自が自分の思いをしゃべっているというより、ショヒョックスの出した答えを朗読しているといったほうが正しい。何しろ誰も本当には作品を読んできていないのだ。
「皆さん、それ以上の歩み寄りは無理でしょうか」司会進行役が三人に尋ねた。彼は

『小説金潮』の編集長である。

「俺は引き下がりたくないですね」門馬が最初にいった。

「僕も妥協はしません」

「私もだ」

それを聞き、司会者は頷いた。

「わかりました。それでは話し合いはここまでということにして、三者対戦モードで結果を出すということでよろしいでしょうか」

「仕方がないだろうな」

「そうですね」

「それしかないだろう」

三人の合意を確認すると、司会者は隣に座っているオペレーターに目配せした。それを受けて女性オペレーターが、前のパソコンを操作し始めた。

そのパソコンからは電話線が三本出ている。それぞれの回線は、門馬たちの家にあるショヒョックスと繋がっているはずだった。人間同士で話し合いがつかない時には機械同士で競わせると、今回の会合前に決まっていた。

パソコンの画面に狸とパンダとコアラが現れ、取っ組み合いを始めた。狸は門馬のショヒョックスを表している。

「行け、そこだ、投げ飛ばせっ」

「噛みつけ。あっ、後ろに気をつけろ」

「しっぽだ。パンダのしっぽを狙え。よし、いいぞ。やっちまえ」

三人は画面に声援を送り始めた。

6

作家の虎山道雪はワープロ画面を眺めて唸っていた。書き下ろし小説の仕上げに取りかかっているのだが、どうも出来映えに自信が持てないでいるのだった。これで本当に面白いのだろうかと不安になってくる。今までに何冊か出版しているが、残念ながら彼の本は売れていなかった。書評家に絶賛された経験も殆どない。年末に行われるミステリベストテンなどにも、一度も入ったことがなかった。

もう一度最初から見直してみようかと思った時、玄関のチャイムが鳴った。

やってきたのは黄泉よみ太というセールスマンだった。ショヒョックスを売っていると聞き、虎山は首を振った。

「私なんかのところへ来たのはお門違いですよ。文学賞の選考委員じゃないし、雑誌の書評欄も持ってない。対談の仕事も来ません。つまり、ほかの方の小説を読まなきゃいけないという状況がないんです」

するとと黄泉はにこにこして頷いた。

「ええ、それはよく存じ上げております。失礼ながら虎山さんは、まだそれほど多くの読者に受け入れられていないというか、認められていないというか」

「売れてないんです」露骨に不機嫌な声を出した。

だが黄泉は全くひるまず、笑顔を浮かべたまま身を乗り出してきた。

「そういう虎山さんに、もってこいの商品があるんです」

彼がいい終わらぬうちに、玄関のドアが開いた。作業服姿の二人の男がコピー機のようなものを運び込んできた。

「ちょっと待ってくれ。突然こんなものを持ってこられても困る」

「まあまあ。とにかく私の話を聞いてください。ところで虎山さんがお書きになった原稿を、ちょっと貸していただきたいのですが。原稿用紙でもフロッピーでもかまいません」

「何をする気だ」

「それは見てのお楽しみということで」黄泉は意味ありげな笑みを浮かべている。

追い返そうかと思ったが、やはり気になる。虎山は机の上からフロッピーを取った。

「未発表原稿だ」

「結構ですな」

黄泉はフロッピーを機械にセットし、いくつかの操作を行った。しばらくして紙が出てきた。何か書いてある。どうぞ御覧になってください、と黄泉はいった。

その紙を見て、虎山はあっと声を上げた。

『・主人公の登場を二ページ分早める。
・三二ページの格闘シーンを五行増やす。
・四五ページから始まる政界の説明を削除。
・五八ページ、毒島一雄をもっと不気味そうに描写。
・六三ページ、謎の中国人を一人増やす。』
「何ですか、これは。作品指導マシンですか」

虎山が訊くと、黄泉はちっちっちと舌を鳴らした。

「そんな生易しいものじゃありません。これは現在出回っているショヒョックスの機能を逆手にとった装置、名付けてショヒョックス・キラーというものです」

「ショヒョックス・キラー？」

「つまりですね、ショヒョックスといえど、完璧ではないわけです。あの商品を開発した我々には、どういうふうに小説を書けば高い評価が下るかお見通しなわけです。このショヒョックス・キラーは、それをアドバイスするマシンなのです」

「それはすごい」といって虎山は首を傾げた。「でも今のショヒョックスは、評論家たちの個性が加味されるようになっていて、何がどう評価されるかはわからないんじゃないですか」

「もちろん評論家によって評価のわかれる作品もあります。でも毎年のベストテンを見ればわかるように、一位二位クラスの作品はどの評論家もAの評価を下しているわけです。ショヒョックス・キラーは、そのレベルを目指そうというものなのです」

「おっしゃってることはわかりますが、こんなことで本当に面白い小説が書けるのかな」

虎山の疑問を聞き、黄泉は顔をしかめて首を振った。

「誤解なさらないでください。ショヒョックス・キラーは面白い小説を書くための機械ではありません。ショヒョックスが高い評価を下す小説が書けるというだけのことです。実際にそうやって書かれた作品を読んでみましたが、正直いって面白くありませんでした」

「それじゃあだめじゃないか」

虎山がいうと黄泉はきょとんとした顔で、「どうしてですか」と訊いた。

「どうしてって……」

「いいですか虎山さん。現在殆どの評論家がショヒョックスを使って仕事をしています。彼等自身は本なんか読んでません。つまり発表される書評のすべてがショヒョックスによって作られているといっても過言ではないのです。読者はそれを見て本を買います。要するに作家が意識すべきなのはショヒョックスなのです。また文学賞の選考も、大半がショヒョックスによる評価を基準に行われています。いつまでも人間相手に小説を書いてちゃいけません。発想を転換しなさい。ショヒョックス・キラーを使って小説を書き、ベストセラー作家になりましょうよ」

黄泉の勢いに圧倒され、虎山は首を縦に振っていた。

7

やれやれ、また一台売れたか——。

虎山の部屋を出た後、黄泉は口の中で呟(つぶや)いた。

ショヒョックスに続いて、ショヒョックス・キラーの売れ行きも順調だ。売れない作家や作家志望者が喜んで買ってくれる。

黄泉の会社では、次なる新製品を準備中だった。シッタカブリックスという名称が決まっているその機械は、一般読者向けに開発されたものだ。仕組みはショヒョックスの機能を簡素化させたものと考えればいい。本をその機械に入れれば、あらすじや、どう面白くて、どうつまらないかなどが出力されるのである。

本物の本好きなど殆どいないのだ、というのが黄泉たちの考えだった。今の世の中、のんびりと本を読んでいられる余裕がある者などいやしない。本を読んでいないということに罪悪感を覚える者、本好きであったという過去に縛られている者、自分を少々知的に見せたい者などが、書店に足を運ぶにすぎない。彼等が求めているのは、本を読んだ、という実績だけなのだ。

奇妙な時代だ、と思う。本をあまり読まないくせに、作家になりたがる者が増えている。さほど売れていないのにベストテンが発表されたりする。一般読者が知らないような文学賞が増えている。本という実体は消えつつあるのに、それを取り巻く幻影だけがやけに賑やかだ。

読書って一体何だろうな、と黄泉は思った。

本書は、二〇〇四年五月に新潮文庫から刊行された『超・殺人事件　推理作家の苦悩』を改題したものです。

本文中には今日の人権擁護の見地に照らして、不適切と思われる表現がありますが、差別的意図はなく、刊行当時のままとしました。（編集部）

超・殺人事件

東野圭吾

令和2年 1月25日 初版発行
令和6年 10月10日 8版発行

発行者●山下直久

発行●株式会社KADOKAWA
〒102-8177 東京都千代田区富士見2-13-3
電話 0570-002-301（ナビダイヤル）

角川文庫 21996

印刷所●株式会社KADOKAWA
製本所●株式会社KADOKAWA

表紙画●和田三造

●お問い合わせ
https://www.kadokawa.co.jp/（「お問い合わせ」へお進みください）
※内容によっては、お答えできない場合があります。
※サポートは日本国内のみとさせていただきます。
※Japanese text only

ISBN 978-4-04-109007-7 C0193

JASRAC 出 1913160-408

◆◇◇

角川文庫発刊に際して

角川源義

第二次世界大戦の敗北は、軍事力の敗北であった以上に、私たちの若い文化力の敗退であった。私たちの文化が戦争に対して如何に無力であり、単なるあだ花に過ぎなかったかを、私たちは身を以て体験し痛感した。西洋近代文化の摂取にとって、明治以後八十年の歳月は決して短かすぎたとは言えない。にもかかわらず、近代文化の伝統を確立し、自由な批判と柔軟な良識に富む文化層として自らを形成することに私たちは失敗して来た。そしてこれは、各層への文化の普及滲透を任務とする出版人の責任でもあった。

一九四五年以来、私たちは再び振出しに戻り、第一歩から踏み出すことを余儀なくされた。これは大きな不幸ではあるが、反面、これまでの混沌・未熟・歪曲の中にあった我が国の文化に秩序と確たる基礎を齎らすためには絶好の機会でもある。角川書店は、このような祖国の文化的危機にあたり、微力をも顧みず再建の礎石たるべき抱負と決意とをもって出発したが、ここに創立以来の念願を果すべく角川文庫を発刊する。これまで刊行されたあらゆる全集叢書文庫類の長所と短所とを検討し、古今東西の不朽の典籍を、良心的編集のもとに、廉価に、そして書架にふさわしい美本として、多くのひとびとに提供しようとする。しかし私たちは徒らに百科全書的な知識のジレッタントを作ることを目的とせず、あくまで祖国の文化に秩序と再建への道を示し、この文庫を角川書店の栄ある事業として、今後永久に継続発展せしめ、学芸と教養との殿堂として大成せんことを期したい。多くの読書子の愛情ある忠言と支持とによって、この希望と抱負とを完遂せしめられんことを願う。

一九四九年五月三日